dtv
premium

José Eduardo Agualusa

# Ein Stein unter Wasser

Roman

Deutsch von Inés Koebel

Deutscher Taschenbuch Verlag

Deutsche Erstausgabe
Dezember 1999
Deutscher Taschenbuch Verlag GmbH & Co. KG, München

Titel der portugiesischen Originalausgabe:
›Nação Crioula‹ (Publicações Dom Quixote, Lissabon 1997)
By arrangement with Dr. Ray-Güde Mertin,
Literarische Agentur, Bad Homburg

Die Textauszüge auf Seite 78 f. stammen aus Castro Alves' ›Sklavenschiff‹
und wurden von Hubert von Schoenfeld und Rolf Italiaander
ins Deutsche übertragen; den Baudelaire-Vers auf Seite 129
hat Carl Fischer ins Deutsche übersetzt.
Umschlagkonzept: Balk & Brumshagen
Umschlaggestaltung unter Verwendung eines Gemäldes
von Francis Danby (Royal Albert Memorial Museum, Exeter)
Satz: Fotosatz Reinhard Amann, Aichstetten
Gesetzt aus der Bembo 11/13,75· (QuarkXPress)
Druck und Bindung: Kösel, Kempten
Gedruckt auf säurefreiem, chlorfrei gebleichtem Papier
Printed in Germany · ISBN 3-423-24178-0

*Für Noelma*
*Dorinda*
*und Manuel*

## Brief an Madame de Jouarre
## Luanda, Mai 1868

Geliebte Gönnerin!

Gestern gelangte ich in Luanda auf den Schultern zweier aus Cabinda stammender Matrosen an Land. Kaum hatte man mich unsanft am Strande abgesetzt, überkam mich, durchnäßt und gebeutelt wie ich war, das beunruhigende Gefühl, ich hätte die Welt hinter mir gelassen. Während ich die feuchtwarme, nach Früchten und Zuckerrohr duftende Luft in mich aufnahm, nahm ich nach und nach einen anderen, leichteren Geruch wahr, melancholisch wie der eines verwesenden Körpers. Ja, ich glaube, auf ebendiesen Geruch kommen alle Reisenden zu sprechen, wenn sie von Afrika erzählen.

Beim Anblick der Stadt, die träge vor mir hügelan stieg, dachte ich, ich hätte Smith nicht mit hierher nehmen sollen. Ich sah, wie er rittlings auf den beiden Negern sitzend das Schiff verließ, das rechte Bein über der linken Schulter des einen, das linke über der rechten des anderen, bemüht, die Haltung eines schottischen Gentleman zu wahren. Aschfahl und aufgelöst kam er bei mir an, sagte Pardon! und erbrach sich. Und ich sagte: »Willkommen in Portugal!«

Um uns Menschen über Menschen, die lachten, schrien, Lasten schleppten, Tiere mit sich zogen. Nach geraumer Weile gelang es Smith, zwei Träger nebst Sesseln anzuheuern, und weiter ging es, schweiß- und salzbedeckt, durch ein Gewirr verwinkelter, schlecht gepflasterter Straßen. Eingeborene zuhauf, die im Schatten der Mauern palaverten oder bäuchlings im Staube schliefen. Am Eingang des Hotels Glória dann eine außergewöhnliche Erscheinung, ein Mann, der sich offenbar auf dem evolutionären Wege zum Vogel befand. Hochgewachsen, leichtgewichtig und betagt, mit schmalem Gesicht, Hakennase und runden, blitzenden Augen:

»Exzellenz!« hieß er mich lautstark willkommen und streckte mir die Hand entgegen. »Ich bin Oberst Arcénio de Carpo.«

Ich wußte, wer er war. Ein österreichischer Wissenschaftler und Freund, der während etlicher Monate die Flora und Fauna des angolanischen Hinterlandes erforscht hatte, hatte mir begeistert von ihm erzählt: »In Luanda richtet sich selbst die Sonne nach ihm. In der Stadt geschieht so gut wie nichts ohne die Einwilligung des Alten.« Der Rang eines Oberst, mit dem er sich so stolz brüstet – wohlgemerkt kommandierender Oberst der Provinzen Bié, Bailundo und Embo (!) –, ist indes nichts weiter als ein Ehrentitel, zumal Arcénio de Carpo keine Militärsperson ist und noch nie auch nur eine dieser Provinzen aufgesucht hat, die im übrigen die Oberhoheit der portugiesischen Regierung nicht anerkennen und nicht einmal eine Garnison aufweisen.

Als mein Freund von meiner bevorstehenden Reise erfuhr, ließ er es sich nicht nehmen, Arcénio de Carpo zu schreiben. Zwar weiß ich nicht, was er ihm schrieb, möglicherweise jedoch, daß ich in der Einsamkeit meines Pariser Palais den Lauf der Gestirne bestimme. Wie auch immer, Arcénio empfing mich, als sei ich ein Fürst:

»Die Herrschaften logieren bei mir«, sagte er und deutete auf die düstere Fassade des Glória. »Das ist kein Hotel, das ist ein Negerkral.«

Arcénio Pompílio Pompeu de Carpo wurde auf Madeira als Sohn von Wanderschauspielern geboren. Nach Angola (wie er behauptet) wegen des Verbrechens der freien Meinungsäußerung verbannt oder (wie seine Feinde munkeln) wegen eines ganz gemeinen Verbrechens, bewohnt er heute in der Oberstadt von Luanda ein weitläufiges, zweistöckiges Herrenhaus im Kolonialstil, das zu ebener Erde von einer breiten Holzveranda umgeben ist. Diese Veranda, nachmittags auf geschickte Weise durch breite Strohmatten, hier *luandos* oder *luangos* genannt, vor der Sonne geschützt, hält so das Haus den Tag über kühl. Kaum angekommen, schickte mir Arcénio einen Knaben auf mein Zimmer, der mich mit Zuckerrohrschnaps abreiben sollte, seinen Worten nach das einzige Mittel, dem Wechselfieber vorzubeugen, welches der Kontakt mit dem brackigen Meerwasser unweigerlich zur Folge habe.

Anschließend führte er mich durch das übrige Haus und den weitläufigen und langgestreckten Garten, in dem sich die Unterkünfte der Sklaven und Lagerhäuser voller Elfenbein, Kautschuk und Harze befinden. In die hohen Mauern sind Eisenketten eingelassen, und inmitten des Patio steht gar ein Pranger, den der Oberst, wie er mir versichert, niemals in Gebrauch genommen hat. Doch wurden an ebendiesem Ort bis vor kurzem noch Neger aus dem Landesinneren gemästet, bevor man sie nach Brasilien verfrachtete.

Nun, meine geliebte Gönnerin, ahnen Sie bereits, auf welche Weise Senhor Arcénio de Carpo zu seinem Reichtum gelangte? Richtig: mit dem Kauf und Verkauf dieses bedauernswerten Menschengeschlechtes. Oder, wie er vorzieht zu sagen, indem er »zum Wachstum Brasiliens beitrug«. Schenkt man dem Gerede in Luanda Glauben, tut er dies bis zum heutigen Tag. »Die Engländer, mich in die Knie zwingen? Niemals!« versicherte er mir aufgebracht, als ich ihn fragte, ob es in der Kolonie immer noch Sklavenhandel gebe.

Seiner Meinung nach haben die Briten und Nordamerikaner die Befreiungsbewegung insgeheim finanziert und organisiert, um das Entstehen einer Großmacht in Südamerika zu verhindern. »Das englische Amerika ist überbevölkert. Jahr für Jahr kommen Millionen europäischer Bauern in die Staaten im Landesinneren. Da ist es ein leichtes, Humanist zu sein und den Sklavenhandel lautstark zu verurteilen. Brasilien aber hat sehr viel weniger europäische Siedler und ist gänzlich auf die Sklaven angewiesen. Nimmt der Sklavenhandel ein Ende, bricht die brasilianische Landwirtschaft zusammen. Zugleich versucht England, die Elite, die Angola morgen regieren könnte, zugrunde zu richten. Wie infam die Briten sind, zeigt sich allein daran, daß sich ihre Armada nicht etwa darauf beschränkt, Sklavenschiffe zu kapern und zu versenken, sondern dies auch mit Handelsschiffen jedweder Art tut.«

Arcénio de Carpos Haß auf die Engländer geht vor allem auf eine Begebenheit zurück, die bei den Luandensern noch heute Heiterkeit hervorruft. Vor einigen Jahren hatte sich der alte Kolonialist erdreistet, den Kapitän des britischen Kreuzers »Water-Witch«, der zur Überwachung der Westküste Afrikas abkommandiert war, auf eines seiner Schiffe – den »Held der Meere« – zum Mittagsmahl zu laden. Nachdem man gespeist hatte, fragte er den Kapitän mit einem Lächeln, ob er denn auch gerüstet sei, gegen selbiges Schiff vorzugehen:

»Noch heute nacht, spätestens morgen, verläßt dieses Schiff Luanda Richtung Nordostbrasilien, und zwar mit vierhundert Sklaven in seinen Frachträumen.«

Der Kapitän lachte über den Scherz und entgegnete Arcénio im gleichen Tone, er werde alles unternehmen, um dies zu verhindern. Tags darauf lud er ihn ein, mittags an Bord der »Water-Witch« zu speisen, nach dem Mahle aber eröffnete er ihm, daß der »Held der Meere« bereits gekapert und auf dem Weg nach Sierra Leone sei.

In der unschlagbaren Logik des Senhor Arcénio de Carpo kommt die Verurteilung der Sklaverei bereits einem Kotau vor der englischen Arroganz gleich. Und wer die Gesellschaften gegen die Sklaverei unterstützt, begeht Verrat. Und was erst von den Abgeordneten halten, die in den Cortes für eine verstärkte Teilnahme unserer Armada am internationalen Flottenkontingent zur Überwachung der Küsten Afrikas eintreten? Für Arcénio de Carpo eine klare Sache:

»Was von ihnen halten? Exzellenz, die Portugiesen sind heutzutage so klein, daß selbst Portugal groß genug für sie ist!«

Portugiesen vom alten Schlage eines Cabral, Camões oder Fernão Mendes Pinto, gibt es heute nur noch zwei, meine verehrte Gönnerin: ihn, Arcénio de Carpo, und mich,

Ihren Schützling.

Fradique

## Brief an Madame de Jouarre
## Luanda, Juni 1868

Geliebte Gönnerin,

immer noch in Luanda, immer noch als Gast des Senhor Arcénio de Carpo, ergehe ich mich hier und setze Fett an. Smith hingegen setzt nur Fett an. Überraschenderweise, oder vielleicht auch nicht, hat er Geschmack an der schweißtreibenden angolanischen Küche gefunden, und ich habe ihn mehr als nur einmal dabei ertappt, wie er vergnügt unter der Dienerschaft saß und Maisbrei mit schwarzen Bohnen verzehrte. Dank dieses Kontaktes ist er über alles in der Stadt wohlunterrichtet, und so kann ich selbst in Angola jeden Morgen »den Smith lesen«. Ich weiß zwar nicht den genauen Goldpreis an der Londoner Börse, habe keine Ahnung, wie es um Livingstone steht, ja, kann nicht einmal die Intrigen bei Hofe mitverfolgen. Habe dafür aber erfahren, daß sich auf Luandas Märkten gebratene Ratten, am Bauche auf ein Stück Holz gespießt, nach wie vor bestens verkaufen, zu fünfzehn Réis das Dutzend, und daß es in Sumbe und im Kongo zu Unruhen gekommen ist.

Und während ich mir das Gesicht einseife und die Rasierklinge wetze, berichtet mir Smith auch von jenen kleinen häuslichen Dramen, die der Imagination der Leute von Luanda so reichlich Nahrung bieten. Schenke ich dem Gehörten Glauben, gibt es in dieser Stadt nicht einen ehrenwerten Mann, nicht ein treues Eheweib, geschweige denn eine keusche Jungfer. Die weißen Siedler lassen sich im allgemeinen in zwei Gruppen unterteilen: in Kriminelle, die hier in der Verbannung leben, und in Verbannte, die es nach verbüßter Strafe wohlweislich vorgezogen haben, hier zu bleiben.

Was aber die Landeskinder angeht, wie sich Mestizen und einige beschuhte Neger selbst euphemistisch bezeichnen, so sind diese eifrig bemüht, in den Kaffeehäusern der Hauptstadt Ränke zu schmieden, und das mit großem Talent. Während sie ihre Zeit damit verbringen, sich gegenseitig niedere Posten in der Finanzverwaltung streitig zu machen, verführen die Verbannten ihre Frauen und Töchter, bringen sie um ihr Land und ihre Geschäfte und festigen so zu allem Unglück auch noch ihre Machtposition in der Kolonialverwaltung.

Einer wirklichen Arbeit geht in Luanda niemand nach, bis auf die Sklaven und außerhalb der Stadt die sogenannten »Buschneger«. Mit anderen Worten, Arbeit ist für die Leute von Luanda eine niedere, ungesunde Tätigkeit, die nur von Negern und Sklaven auszuführen ist. »Senhor Soundso kommt aus einer arbeitsamen Familie«, vernimmt man bisweilen giftig und leise an einem schummrigen Kaffeehaustisch. Eine grausame Unterstellung, die den besten Ruf zunichte machen kann, legt sie doch nahe, daß der, dem sie gilt, seit kurzem erst ein Paar

Schuhe trägt und aller Wahrscheinlichkeit nach von Sklaven abstammt.

Wir können also sagen, daß die Luandenser, als klassisch gebildete Menschen, *trabalhar*, das portugiesische Wort für arbeiten, in seiner ursprünglichen lateinischen Bedeutung verstehen, wo *tripaliare* martern heißt, und zwar mit dem *tripaliu*, einem Marterinstrument. In diesem Zusammenhang erinnere ich daran, daß im Englischen das Wort *slave* – Sklave – von *slav* – Slawe – herrührt, waren doch die Slawen die ersten Sklaven der Römer. Auch das russische Wort *rabota* – Arbeit – leitet sich von *rab* ab, was ebenfalls Sklave bedeutet.

»Die Mulatten«, vertraute mir Arcénio de Carpo an, »verachten alle Völker aus dem Landesinneren, weil sie arbeiten, und insbesondere weil sie Neger sind und bleiben wollen.« Eine Behauptung, die ich im Hause meines Gastgebers auf ihre Richtigkeit hin habe überprüfen können. Arcénio de Carpo hat einen einzigen Sohn gleichen Namens, ein hochgewachsener junger Mann, hager wie sein Vater, mit vorstehenden Wangenknochen, Mandelaugen und einem langen, nach unten gezwirbelten, romantischen Schnurrbart. Seit es so gut wie unmöglich geworden ist, weiter Neger nach Brasilien zu verkaufen, verwaltet er das väterliche Vermögen. Er und seine Mutter, Joana Bendindo, eine pechschwarze Senhora aus Benguela, von dem alten Kolonialherrn mit großer Ehrerbietung, ja fast Ehrfurcht behandelt, leben beide im Herrenhaus in der Oberstadt. Zum Nachtmahl, mit einem gewissen Gepränge in einem kühlen Salon zu ebener Erde serviert, sitzt der junge Herr zur Linken seines Vaters und pflegt angeregt über Gott und die Welt zu plaudern.

Intelligent, gut unterrichtet und beredt, zieht er indes die Politik der Philosophie vor und das Lästern der Literatur. Seinen Worten nach sind die »Buschneger« einer zügigen Umwandlung Angolas in ein modernes Land äußerst hinderlich, zumal sie angeblich nicht die geringste Vorstellung von dem haben, was ein Staat ist, sich weigern, Portugiesisch zu lernen, und jedweder Art von Glauben und Aberglauben verhaftet sind.

Ich entgegnete ihm, auch Engländer, Franzosen und Deutsche weigerten sich, Portugiesisch zu sprechen, und rief ihm ins Gedächtnis, daß die Königin von Spanien an die reinigende Kraft schweißgetränkter Nonnenunterkleider glaubt. Und worin unterschied sich letztlich ein mit harten Nägeln gespickter Fetisch von der Statuette eines ans Kreuz genagelten Mannes? Statt einen Afrikaner zu nötigen, sein Leopardenfell mit einem Eskimomantel zu vertauschen oder Schneestiefel zu tragen, solle man doch lieber die Welt, in der er lebt, und seine Philosophie zu verstehen suchen.

Der junge Arcénio de Carpo sah mich halb entsetzt, halb verärgert an: »Philosophie? Eure Exzellenz erwarten hier in Afrika Philosophie?!« Gewiß doch. Warum soll es dergleichen hier nicht geben, nur weil die Europäer es hier nicht vermuten?

Die Verachtung der luandensischen Landeskinder gegenüber den Völkern fern der Küste läßt sich durch eine Episode, die mir Smith erzählte, noch besser veranschaulichen. Vor zwei Jahren entdeckte Senhor Mateus Lamartine, einer der wohlhabendsten Kaufleute und Sklavenhalter dieses Landes, daß seine einzige Tochter, Carolina, heimlich mit einem jungen Spitalwärter korrespondierte; ebenfalls schwarzer Hautfarbe, doch ohne Verbindung zu einer der alteingesessenen Luandenser Familien. Erbost befahl Lamartine den jungen Mann zu sich: »Werter junger Herr«, sagte er, als dieser schließlich vor ihm stand. »Ich habe nichts gegen Sie, ganz im Gegenteil, doch zum Schwiegersohne will ich Sie nicht. Hielte ein mittelloser Weißer um die Hand meiner Tochter an, ich würde sie ihm, sofern er kein Sträfling ist, nicht verweigern, selbst einem Mulatten nicht, vorausgesetzt, er hat Vermögen. Sie aber müßten der Kaiser von Abessinien sein, um Carolina heiraten zu können.«

In seiner Verzweiflung entführte der junge Mann die Geliebte und floh mit ihr den Quanza flußaufwärts nach Feira do Dondo, wo er Familie hatte. Selbigen Monats besuchte Nicolau von den Engeln, ein im Hinterland allseits verehrter Priester, diesen Marktflecken. Er erklärte sich bereit, die beiden Flüchtigen zu trauen, sofern sie nach Luanda zurückkehrten und den Vater der Braut um Verzeihung bäten. Ein schlechter Rat: Kaum war das Schiff in Luanda vor Anker gegangen, rempelte noch am Kai ein Unbekannter den Spitalwärter grob an, stieß ihm, als dieser sich protestierend umwandte, ein Messer in die Kehle und floh. Wenige Wochen später wurde Carolina am starken Arm ihres Herrn Vaters zur zweiten Eheschließung in die Kirche Dos Remédios geleitet. Viele erkannten in dem Bräutigam, L. A., einem aus Braga im Minho stammenden Menschenjäger, den Mörder.

Noch in derselben Nacht tötete Carolina ihren Ehemann. Der Polizeichef, ein Freund des Spitalwärters, verzichtete auf das Verhör: »Ein Unfall. Senhor L. A. reinigte wie jeden Abend seine Winchester, als sich ein

Schuß löste. Die Kugel durchschlug sein Kinn und trat im Nacken aus.«

Unser unerbittlicher Camilo Castelo Branco hätte die Novelle an dieser Stelle enden lassen. Zola noch früher, an jenem Kai, an dem das erste Blut floß. Die wundersamen Götter Afrikas aber ersannen für sie ein unmögliches Ende. Möchten Sie wissen, was geschah? Sieben Monate später brachte Carolina einen schwarzen Knaben zur Welt. Das Kind weinte nicht, als die Hebamme es hochnahm und hinaus in die Nacht trug, es den Sternen zeigte, den dunklen Bäumen und allem Reglosen und sich Regenden, worin die Geister der Ahnen verborgen wohnen und wachen.

Das Kind weinte nicht. Klagte statt dessen mit lauter und fester Stimme, der väterlichen Stimme, seinen Großvater, den Sklavenhändler an. Und es tat dies noch einmal, nunmehr in Gegenwart zahlreicher Zeugen; erklärte, der Alte habe die Dienste L. A.s in Anspruch genommen und beide hätten das Verbrechen gemeinsam geplant. Daraufhin schwieg es und begann endlich zu weinen wie alle Kinder weinen, sobald sie die Welt begreifen.

Mateus Lamartine hat vergangene Woche Hand an sich gelegt.

Ihr getreuer Schützling

Fradique

## Brief an Madame de Jouarre
## Luanda, Juni 1868

Geliebte Gönnerin,

da ich mich heute mit der menschlichen Spezies wieder etwas versöhnter finde, kehre ich mit einem vollständigen Bericht über das, was ich unter dem weiten Himmel Afrikas gesehen und getan habe, in ihren Kreis zurück.

Am Sonntag war ich zum Ball des Gouverneurs geladen, ein überaus glanzvolles, lautstarkes und pompöses Ereignis, zu dem für gewöhnlich *toute Luanda* erscheint – oder vielmehr, wer auch immer in dieser Stadt über etwas Vermögen verfügt und des Lesens und Schreibens kundig ist. In den Salons des Gouverneurspalastes finden sich rechtschaffene Kaufleute ein und Verbannte, Landeskinder und blonde europäische Abenteurer, Sklavenhalter und Gegner der Sklaverei, Monarchisten und Republikaner, Priester und Freimaurer. Einige der erfolgreichsten Geschäftsleute São Paulo de Luandas sind mit einer Handvoll geliehener Kupfermünzen zu Reichtum gekommen, sie kauften Fisch davon, den sie brieten und anschließend in den Markthallen und auf den Straßenmärkten der Stadt feilboten. In kürzester Zeit wurden so aus Kupfermünzen kleine Silbermünzen, dann große und schließlich Tausende von Réis.

Es läßt sich nur schwerlich eine interessantere Vielzahl von Charakteren, Gestalten und gar Ungestalten unter ein und demselben Dach vorstellen. Unter all diesen Menschen aber sticht die Gestalt der Senhora Gabriela Santamarinha hervor. Die Luandenser, bemüht, allen in allem überlegen zu sein, und für die jedes Unmaß Tugend ist, versicherten mir ernsthaft, besagte Senhora sei die häßlichste Frau der Welt. Und ich, der ich, mit Verlaub gesagt, den Erdball umrundet habe, konnte nicht umhin, dem zuzustimmen. Es gibt, ja kann keine Frau geben, die so rundum häßlich ist und dennoch so zufrieden, es zu sein. Bei ihrem Anblick erinnerte ich mich einiger Verse des brasilianischen Dichters Gregório de Matos, die einer kreolischen Negerin galten:

»So gewölbt und breit der Mund / daß darinnen / das Gebiß / schamlos umherspazieren kunnt.«

Senhora Gabriela Santamarinha ist von naturwüchsiger, unverblümter, ungeschminkter Häßlichkeit und bekundet diese mit jeder Geste, jedem Wort, den entsprechenden Ausdünstungen und einem animalischen Gang. »Seht nur, wie häßlich sie ist!« sagte Arcénio de Carpo erregt zu mir. »Nicht einmal unter den Eingeborenen des australischen Kontinents hat es je eine solche Kreatur gegeben.«

»Nicht einmal im portugiesischen Entroncamento*!«

* A.d.Ü.: Region in Portugal, die für die Häßlichkeit ihrer Bewohner bekannt ist.

pflichtete ich ihm bestürzt bei, wie hypnotisiert von der grauenvollen Gestalt.

»Man nennt sie Schandmaul«, erläuterte mir der Oberst, »Spuckmaul, Mordmaul, Stinkemaul. Es heißt, die Vögel stürzen sich vor Abscheu zu Tode, wenn sie an ihr vorüberfliegen.«

Gabriela Santamarinha (Arcénio de Carpo schwört, diese Geschichte sei wahr) soll als wenige Tage alter Säugling in einer öffentlichen Latrine gefunden und von einem galicischen Priester aufgezogen worden sein, der ihr seinen Namen und zwei Stück Land in der Umgebung von Luanda vererbte. »Ihren ursprünglichen Gestank aber hat sie nie abgelegt, weshalb man sie auch Latrinenmonster nennt«, sagte de Carpo und schickte sich an, mir den Arm zu reichen.

»Kommt, ich stelle sie Euch vor.«

Ich wich entsetzt zurück:

»Bei Gott! Daran liegt mir nicht! ...«

Er erklärte mir, Senhora Gabriela Santamarinha vorgestellt zu werden, sei in Luanda so etwas wie ein Initiationsritual. »In dieser Runde hier wettet mancher, daß Eurer Exzellenz bei ihrem Anblick unwohl wird. Holt also tief Luft und kommt. Und sind wir erst bei ihr, so haltet die Luft an.«

Gabriela Santamarinha schien auf diesen Augenblick gewartet zu haben. Sie verneigte sich leicht, und während ich vorgab, ihre mit schwerem Gold beringten Finger zu küssen, verspritzte sie ihr Gift:

»Ich habe vernommen, Sie reisen stets in Begleitung eines englischen Sklaven.« Mir verschlug es die Sprache. »Ich umgebe mich in meinem Hause ausschließlich mit

Albino-Sklavinnen, und wie ich hörte, werden in Brasilien weiße oder fast weiße Sklavinnen derzeit preiswert gehandelt. Daß es aber in Europa noch Sklaverei gibt, war mir nicht bekannt. Wollen Sie mir den Ihren nicht verkaufen?«

Bestürzt zog ich mich zurück, war ich doch überzeugt, daß jener Abend einer der unangenehmsten meines Lebens sein würde. Doch weit gefehlt. Denn schon erblickte ich sie: die schönste Frau der Welt! Man tanzte Rebita, einen Tanz, der hier gerade *à la mode* ist und auf einzigartig harmonische Weise die mondäne Anmut des Walzers und den ungestümen Rhythmus der afrikanischen Trommeln miteinander verbindet. Der Zeremonienmeister, ein schwarzer Offizier, unter dem Namen »Hüftschwung« bekannt, dirigierte den Tanz in einer geheimnisvollen Sprache; Französisch, wie man mir später versicherte. Als ich sie erblickte – die schönste Frau der Welt –, war ich im Nu wieder mit der Menschheit versöhnt und sah Land und Leute mit anderen Augen.

Es gab Momente in meinem Leben – der Anblick der Alpen in der Abenddämmerung, ein Nachmittag in Asmera, an dem vor meinen Augen eine Raubkatze unverhofft zum Sprunge ansetzte –, Momente, in denen ich die Existenz Gottes spürte, oder vielmehr das Leben, ja vielleicht das, was die buddhistischen Mönche Nirwana nennen. Und als ich sie zum ersten Male sah, empfand ich ebenso! Sie tanzte, wobei das Verb »tanzen« hier nur unzureichend ausdrückt, wie strahlend sie sich zur Rebita im Kreise drehte, angetan mit den prächtigen, über der Brust geknoteten Tüchern der Frauen von Luanda, das Haar kunstvoll frisiert und hochgesteckt, den Gazellenhals mit einer feinen goldenen Kette geschmückt. Für eine Sekunde fingen ihre warm schimmernden schwarzen Augen meinen Blick auf, dann entschwand sie. Arcénio de Carpo mußte meine Verwirrung bemerkt haben. Er senkte die Stimme, nahm mich vertraulich wie einen alten Kameraden beim Arm und zog mich zur Veranda:

»Gott ist Demokrat«, sagte er, »Demokrat und Sozialist. Nehmt nur Dona Ana Olímpia. Als Tochter einer Sklavin in dieser Stadt geboren, ist sie heute eine der reichsten Frauen des Landes, Herrin über eine Vielzahl Sklaven, einflußreich und geachtet.«

Eine kuriose Geschichte. Ana Olímpia wurde in der Tat als Sklavin geboren. Ihr Vater allerdings war ein kongolesischer Fürst. Er moderte jahrelang in einer feuchten Zelle der Penedo-Festung im Norden Luandas dahin. Portugiesische Truppen hatten ihn in einen Hinterhalt gelockt und gefangengenommen, zusammen mit seinen Begleitern, einschließlich seiner drei Frauen. Einmal im Monat geleitete man den Fürsten in einem feierlichen Zuge zum Palast des Gouverneurs, der ihn in seiner Generalsuniform empfing, damit die Neger ihn sahen und glaubten, er genieße eine gute Behandlung.

»Ein bewundernswürdiger Mann«, erinnert sich Arcénio de Carpo. »Er debattierte mit uns in gepflegtem Portugiesisch, von gleich zu gleich, protestierte gegen seine Festnahme, die er als widerrechtlich empfand, was sie in der Tat auch war, und forderte Entschädigung. Wenn er hochgewachsen und majestätisch zwischen den Festungssoldaten zum Gouverneurspalast schritt, warf sich das Volk zu Boden, bedeckte das Haupt mit Sand, und keiner wagte es, ihm in die Augen zu blicken. Monat für Monat beteuerte der Gouverneur, er käme bald frei, und bedauerte die mißliche Situation, wohlwissend, daß der Fürst im Kerker sterben würde.« Auch was seinen drei Frauen widerfuhr, erzählte mir Arcénio de Carpo. »Sie wurden allesamt als Sklavinnen verkauft. Zwei habe ich erstanden und die dritte, die schwanger war, Victorino Vaz de Caminha.«

Victorino Vaz de Caminha, ein äußerst kurioser Alter, nahm die Schwangere als Köchin zu sich und ehelichte vierzehn Jahre später – der kongolesische Fürst war bereits gestorben – deren Tochter, Ana Olímpia. Als ich mich mit ihr unterhielt, zitierte sie zu meiner Überraschung Kant und Konfuzius, mokierte sich über Darwins Lehre und äußerte sich geist- und kenntnisreich zur zeitgenössischen französischen Poesie. Auf meine Frage: »Was macht eine Frau wie Sie an einem solchen Ort?« lächelte sie allerliebst: »Dieser Ort ist mein Land.«

Ein Land, das mich jeden Tag aufs neue überrascht.

Ihr nunmehr beinahe afrikanischer Schützling

Fradique

## Brief an Ana Olímpia
## Benguela, Mai 1872

Geliebte Freundin,

bis vergangene Woche wähnte ich mich, wenn auch nicht unsterblich, so doch zumindest immun gegen jene Krankheiten, die den Menschen gemeinhin befallen. Während der letzten zwanzig Jahre habe ich unversehrt die feuchtfröhlichen Nächte von Coimbra überlebt, den Abessinienkrieg, die Sahara und Island; ja, selbst nach São Bento habe ich mich in der Hochzeit parlamentarischer Redeschlachten gewagt, und all diese Exzesse und Abenteuer habe ich stets ohne den geringsten Schaden überstanden. Doch nun bin ich seit einer Woche hier in Benguela ans Bett gefesselt und glühe vor Fieber.

Mein Freund, in dessen Haus ich untergebracht bin und der Arzt in dieser Stadt ist, versichert mir, es sei nichts Lebensbedrohliches. Luís Gonzaga war seinerzeit in Coimbra mein Zimmergenosse gewesen. Unter den Studenten sowohl für sein dröhnendes Gelächter bekannt, das die Lüster zum Klirren brachte und die Vögel verschreckte, als auch für sein virtuoses Gitarrenspiel, zog er – fröhlich und leichtfertig – die Kneipen den Kompendien vor und benötigte für sein Studium beinahe zehn Jahre. Anschließend schiffte er sich nach Afrika ein und ließ sich in Benguela nieder. Warum gerade in Benguela? In den letzten Tagen haben wir uns zwar viel unterhalten, doch eine Antwort auf diese Frage konnte ich ihm nicht entlocken.

Wir sprachen von Coimbra, ich öfters als er; das alte Portugal scheint ihn nicht mehr sonderlich zu interessieren. Die Art Klausur, in der er hier unter freiem Himmel lebt, hat einen anderen Menschen aus ihm gemacht. Er hört aufmerksam zu, spricht wenig, lacht, doch ohne viel Aufhebens, und wenn er seine Gitarre umfaßt, dann um auf ihr Melodien zu zaubern, wie ich sie niemals zuvor vernommen habe, angeweht von der gleichen sonnenschweren Melancholie (falls das überhaupt einen Sinn ergibt), unter der diese Stadt begraben liegt.

Manchmal spricht er Umbundu mit dem Koch, António Salvador, einem klugen Kopf, der zwischen 1854 und 1856 David Livingstone auf jener berühmten Expedition begleitet hat, bei der man die Victoriafälle entdeckte. In diesen Momenten scheinen beide ein und demselben Volke anzugehören, denn Luís Gonzaga spricht nicht nur die Sprache des Alten – er spricht sie wie ein Ovimbundu. Dann lacht er so maßlos wie früher, gestikuliert lebhaft und klatscht in die Hände; sehe ich ihn dergestalt vor mir, kann ich mich des Gefühls nicht erwehren, daß dieses Land ihn kolonisiert hat.

Mein Freund hat in der Rua da Quitanda auf eigene Kosten ein kleines Hospital eingerichtet, in dem er fast ausschließlich Soldaten, Verbannte und mittellose

Schwarze behandelt, denn die Wohlhabenderen und sämtliche Europäer lassen den Arzt zu sich nach Hause kommen. Luís Gonzaga läßt nichts unversucht, um ihnen zu helfen. Ist er mit seinem Latein und seinen Mitteln am Ende, ruft er sechs seiner Männer zusammen, packt den Patienten in einen Tragsessel oder eine Hängematte, die zwischen zwei Pferden befestigt wird, und die kleine Expedition marschiert fünfzehn bis zwanzig Kilometer landeinwärts, bis zu einem hohen, runden Felsen, an dessem Fuße ein Fetischpriester seines Amtes waltet.

Ich nehme an, nichts dergleichen ist für Sie neu. Ich aber begreife allmählich, daß es überall dort, wo die Nacht noch herrscht oder vielmehr das elektrische Licht noch nicht Einzug gehalten hat, keine exakten Wissenschaften gibt. Nur tiefe Dunkelheit nach Sonnenuntergang und einen hohen, gewölbten Himmel, an dem die Sterne ihre Bahn ziehen; Stimmen und Angst. Tanzende Geister.

Und all dies ist unerklärlich.

In diesem Zusammenhang werden Sie sicherlich wissen wollen, ob es mir gelungen ist, etwas Erhellendes über jenes sonderbare Geraune herauszufinden, das mich hierher geführt hat. Unglücklicherweise nein – selbst hier, in der Wildnis, höre ich es ebenfalls, wenn auch vage und undeutlich, wie die ermattete Schilderung eines Traumes.

In meinem jetzigen Zustand kommt mir alles um so phantastischer vor. In diesem Bette liegend, vor Fieber glühend und gleichzeitig vor Kälte zitternd, suche ich das Geheimnis Afrikas zu ergründen. Und denke dabei an Sie. Denke sehr an Sie. Ihr Bild erhellt und belebt meinen verwirrten Geist. Gesetzt den Fall, ich überlebe, darf ich darauf hoffen, Sie in Luanda wiederzusehen?

Schreiben Sie mir, sagen Sie ja, denn ich bin gewiß, daß einzig Ihre Worte mich dem Leben zurückgeben. (Luís Gonzaga droht, mich zum Fetischpriester zu bringen!)

Der Ihre, von Herzen

Fradique

## Brief an Eça de Queiroz
## Luanda, August 1872

Mein teurer Freund!

Ich habe Ihren Brief bei meiner Rückkehr aus dem Hinterland von Benguela vorgefunden, wohin ich mich in der Absicht begeben hatte, einem sonderbaren Gerücht, das unter den Eingeborenen kursiert, auf den Grund zu gehen. Dies ist mir zwar nicht gelungen, statt dessen aber wurde ich Zeuge einer Begebenheit, aus der Sie rasch und mühelos Literatur machen könnten. Ich hingegen – schlichteren Talents – erzähle Ihnen die Sache so, wie sie geschah:

Vor acht Tagen stach ein Verbannter, mit Namen oder Spitznamen – hier fast ein und dasselbe – João Stockfisch, auf einen Siedler mit dem Messer ein und floh, in der Annahme, er habe den Mann getötet, in den Buschwald. Stockfisch, erst seit wenigen Wochen hier und noch so gut wie fremd im Lande, tastete sich mit wachsendem Grauen durch die dichte, von Geräuschen erfüllte afrikanische Finsternis. Mit ausgestreckten Armen, nach Atem ringend, bald stolpernd, bald fallend, lief er, bis er nichts mehr fühlte, weder Erschöpfung noch Angst oder Schmerz, und ihm war, als habe sich seine Seele vom Körper gelöst. Und so lehnte er sich an den kräftigen Stamm eines Mangobaums und schlief ein. Als der neue Tag anbrach und die Vögel mit einem Male verstummten, schreckte Stockfisch auf. Hinter den Bäumen schlurfte etwas hügelan. Direkt auf ihn zu, zahlreich und dichtgedrängt. Erschrocken erklomm Stockfisch den Baum und sah von oben eine seltsame Prozession sich nähern.

Wir waren an die zwanzig Männer. Pater Nicolau an der Spitze des Zuges, ein großes Elfenbeinkreuz fest in seinen Händen. Unmittelbar gefolgt von mir und einem befreundeten Arzt, Luís Gonzaga, in dessen Haus ich logierte, nebst einem Leutnant unseres Heeres, einem blassen und bangen jungen Menschen, dem ich verschiedentlich meinen Arm bieten mußte, da ihm die Sinne zu schwinden drohten. Uns wiederum folgten Diener, die Glöckchen schwangen, brennende Kerzen trugen und mit wunderbar silberhellen Stimmen laut zum Lobe unseres Herrgotts sangen.

Es fällt nicht schwer, sich João Stockfischs Bestürzung vorzustellen, als die Prozession anhielt, den Mangobaum umrundete und er das furchterregende Antlitz des Kanonikus zu sich emporblicken sah. Ich glaube, ich habe Nicolau von den Engeln bereits in meinem letzten Brief an Sie erwähnt. Er ist einer der interessantesten Köpfe Angolas, und sein Name ist in aller Munde. So hörte ich zum Beispiel unmittelbar nach meiner Ankunft den Vorsteher des Rates von Bengo einen hitzigen theologischen Disput mit folgenden Worten des Paters beenden:

»Die Ideen von Regierungen und Völkern sind der

Verderbtheit der Jahrhunderte unterworfen, die Gesetze Gottes aber, die für die einen wie die anderen gelten, sind ewig und unveränderlich. Die Wissenschaft hat die Gottesidee getötet, und die Wissenschaft wird es sein, die der Gottesidee morgen zur Auferstehung verhilft.«

Wenig später hörte ich durch einen Buschhändler von ihm. Ein verwirrender Bericht über eine Nilpferdjagd. Habe ich recht verstanden, war einer der Jäger von einer Kugel, die sich versehentlich aus dem Laufe seiner Waffe gelöst hatte, in den Bauch getroffen worden und lag tot oder in Erwartung des Todes im Gras. Wer aber kam, war Nicolau von den Engeln: »Ihr seid geheilt«, sagte er und strich mit der rechten Hand über den Körper des Unglücklichen, »stehet auf und gehet nach Hause.« Der Jäger gehorchte (ist es doch schwer, sich dem Befehl eines Priesters zu widersetzen), stand auf und machte sich auf den Weg in die Stadt, wo er denn auch quicklebendig eintraf.

Dieser so große, gefürchtete und verehrte Mann ist ein ... Zwerg! Sein Schädel, auf einem winzigen Kinderrumpfe sitzend, wirkt jedoch riesig, weit größer als der eines normal gewachsenen Menschen. Dessenungeachtet strahlt er, insbesondere wenn er spricht, eine Autorität und Größe aus, die nur wenige erreichen. Rauh, derb und oftmals dogmatisch, ist der Pater dennoch ein exzellenter Gesprächspartner. Ich erinnere mich mit Vergnügen der vielen Stunden, die er, Luís Gonzaga und ich über den Verlust der Spiritualität und den Triumph des Materialismus in unserem Jahrhundert debattierten:

»Die Herrschaften würden Gott am liebsten aus dem Universum verbannen«, klagte der heilige Mann.

»Die Barrikaden, die Guillotine, die Internationale, die Auflehnung des Volkes gegen die Staatsmacht sind erschreckende Vorboten, die das moderne Zeitalter in seinen Grundfesten erschüttern. Unser Jahrhundert hat sich der Hydra der Revolution ergeben wie der Ajax der antiken Tragödie den zornigen Eumeniden.«

Diese heftigen Worte äußerte er bei deutschem Bier im tröstlichen Schatten einer Bougainvillea, während ringsum Benguela in der Mittagssonne schlummerte. Mit einem Lächeln gab ihm mein Freund zu bedenken, das moderne Zeitalter sei siebentausend Kilometer weit entfernt: »Es wird lange brauchen, bis es hier angelangt ist.«

»Nein«, entgegnete der Pater und zeigte auf mich. »Es ist bereits angekommen!«

Doch zurück zu João Stockfisch. Er sah uns, wie gesagt, mit Entsetzen den Baum umrunden: zwanzig Männer und ein winziger schwarzer Priester. Die dunkle Erde, die hohen Bäume, die sonoren Gesänge, die Kerzen und das Kreuz, all dies erfüllte ihn mit Befremden und Furcht.

Zudem der Priester, der nach oben sah und befahl:

»Steigt hinauf und holt ihn!«

»Nein! Nicht doch!« rief Stockfisch. »Nicht hochkommen, ich komme hinunter.«

Unten erhob sich lautes Geschrei, und alle ergriffen die Flucht. Bis auf den Pater und mich. Erst jetzt entdeckten wir zwischen dem Blattwerk das bleiche Gesicht João Stockfischs, der nun seinerseits erst, dicht vor dem seinen, das blauverfärbte Gesicht jenes bedauernswerten Sklaven bemerkte, der sich dort oben erhängt hatte und den wir zu bergen endlich gekommen waren.

»Nanu!« brummte Nicolau von den Engeln.

»Nanu!« brummte auch ich, der ich für einige Augenblicke vermeint hatte, Zeuge eines schrecklichen Wunders zu sein.

João Stockfisch aber mußten Luís Gonzaga und ich vom Baum holen und anschließend in die Stadt bringen, wo er sich selbigen Abends noch mit dem anderen Siedler aussöhnte, den er nur am Arm verwundet hatte.

Von den Männern, die den Zug begleitet hatten, waren zwei oder drei auf Nimmerwiedersehen in den Wald entflohen. Man darf wohl annehmen, daß sie dort jetzt das Volk mit einem weiteren Wunder Nicolaus von den Engeln in Ehrfurcht versetzen.

Und Sie, mein lieber José Maria, wissen nun, wie Mythen entstehen.

Ihr getreuer Freund

Fradique

## Brief an Madame de Jouarre
## Luanda, August 1872

Geliebte Gönnerin!

Sie erinnern sich gewiß an Madame Kirkovitz. Ich glaube, es war auf einer jener berühmten, winterlichen Soireen in Ihrem Hause, als sie diesen bemerkenswerten Ausspruch tat: »Die Negerinnen haben einen giftigen Wirkstoff in ihrem Blute, der das Herz der weißen Männer zunächst bezaubert, dann schrumpfen läßt und es schließlich zersetzt.« Ich erinnere mich zwar an Gelächter und Proteste, nahm diesen kurzen Satz jedoch ernst, denn ich begriff, daß ihm Jahre minutiöser wissenschaftlicher Beobachtungen zugrunde liegen mußten. Gewiß hatte die traurige Witwe während ihres langen Brasilienaufenthaltes Dutzende Kavaliere in den Armen ihrer schwarzen Geliebten verscheiden sehen; heute weiß ich, daß einer dieser Kavaliere ihr Gemahl war.

Erneut in Luanda, komme ich nicht umhin, wiederholt an diese gehässige Behauptung und die blonde, kalte und bittere Gestalt von Madame Kirkovitz zu denken. Und ich benutze diese drei Adjektive in ihrem Zusammenhang nicht von ungefähr. »Haben Sie schon bemerkt«, fragte mich vor einigen Tagen Arcénio de Carpo der Jüngere, als er auf die wenigen europäischen Senhoras zu sprechen kam, die in Luanda ansässig sind, »daß, was bei einem Bier die Qualität ausmacht, bei einer Frau ein Mangel ist?«

Diese Senhoras, kalt und bitter wie Madame Kirkovitz, teilen mit ihr den Haß auf die schwarzen Frauen und die Mestizinnen. »Die Negerinnen sind ein großes Übel«, vertraute mir eines Nachmittags die Frau des englischen Konsuls an, »doch die Mulattinnen übertreffen sie noch, sie umgarnen nicht nur unsere Männer, sondern machen sich obendrein über uns lustig und verachten uns.«

Ich denke, diese letzte Klage enthält ein Gran Wahrheit. Kürzlich wohnte ich einer dilettantischen Aufführung von Shakespeares ›Othello‹ im Teatro da Providência bei. Drei prachtvolle Frauenzimmer, drei Bronzeblumen, um die unzulängliche Metapher der einheimischen Troubadoure zu gebrauchen, beherrschten mühelos die kleine Bühne. Sie kicherten und amüsierten sich ganz offensichtlich über ihre skandalöse Schönheit. Die Gattin des englischen Konsuls begrüßte mich von ferne mit einem welken Lächeln; später verließ sie dann unter Tränen, auf den Arm ihres Gatten gestützt, den Saal, noch lange bevor der Mohr Desdemona tötete. Im Hinausgehen warf der Konsul den drei Grazien einen Blick zu, und es fiel mir nicht schwer, den Zusammenhang zu erraten.

Bei anderer Gelegenheit unterhielt ich mich mit dem alten Arcénio de Carpo über besagtes Thema. Es war nach dem Nachtmahl, während jener zwei Stunden, die dem vorbehalten sind, was er als »Rauchzeremonie« bezeichnet. Hierzu nimmt für gewöhnlich eine junge Mestizin mit honigfarbenen Augen, orientalischen Zügen und dem süßen Namen Lúcia hinter meinem Gastgeber Platz, der ihr vor einigen Jahren den Freibrief schenkte. Hat er eine Zigarette zu Ende geraucht, entzündet Lúcia die nächste, zieht lange, ja zärtlich daran und gibt sie dann an den Oberst weiter; ich hingegen bekomme nur die Streichhölzer!

An ebendiesem Abend sprachen wir über die holde Weiblichkeit.

»Die Gefahr zieht den Mann an, und aus diesem Grunde fühlt er sich auch von der Frau angezogen«, philosophierte der Oberst, »die Frau ist das gefährlichste Tier der Schöpfung. Selbstverständlich meine ich damit weder die Pariserin noch die Lissabonnerin oder die Römerin. Ich denke dabei an das Weib schlechthin, verdammich, das Vollblutweib, das wahre Weib.«

Lúcia lachte triumphierend.

»Die europäische Frau«, fuhr der Oberst fort, »verhält sich zur Afrikanerin wie ein gekochtes Huhn zu einem knusprigen Braten. Es fehlt ihr an Farbe, Duft, Geschmack und Hitze. Es fehlt ihr der Pfeffer, mein Teurer. Kurz gesagt: die Seele.« Lúcia entzündete eine weitere Zigarette. Schwieg. Und sah mir, während sie den Rauch einsog, tief in die Augen.

Ich habe hier noch ein anderes, entzückendes Landeskind wiedergetroffen, Senhora Ana Olímpia, die bereits vor vier Jahren großen Eindruck auf mich machte. Ihr Gemahl kam vor wenigen Monaten bei einem Schiffbruch zu Tode. Victorino Vaz de Caminha mit Namen, ein bemerkenswerter Mann, Bahianer von Geburt, der es nach der Unabhängigkeit Brasiliens vorzog, weiter als portugiesischer Untertan auf angolanischem Boden zu leben. Eine große, schlanke Erscheinung mit einem breiten Gesicht und einem langen, wilden, schlohweißen Bart, der ihm in Kaskaden über die Brust fiel. Ein maßloser und widersprüchlicher Mensch, der in einem Atemzug und mit gleicher Inbrunst die Sklaverei und die Befreiungsbewegung verteidigen konnte. Und so auch keinen Augenblick zögerte, seine drei Sklavenschiffe »Freiheit«, »Gleichheit« und »Brüderlichkeit« zu taufen.

Als Sklavenhalter kam er in diesem Lande zu großem Reichtum und Ansehen. Als Anarchist unterzeichnete er ein halbes Dutzend Pamphlete gegen den Klerus und vermählte sich später in der Kirche »Unserer Lieben Frau vom Carmel« mit Ana Olímpia, die zu diesem Zeitpunkt erst vierzehn Jahre alt und seine Sklavin war (oder gewesen war).

Die bewußt prunkvoll ausgerichtete Hochzeit rief in der kleinen feinen Luandenser Gesellschaft Empörung und ungläubiges Staunen hervor. Pater Nicolau von den Engeln entrüstet sich noch heute: »Victorino Vaz de Caminha war der Satan in Person«, sagte er mir in Benguela. »Er hat dieses aufwendige Spektakel einzig und allein in der Absicht inszeniert, die Kirche lächerlich zu machen und die Gesellschaft zu verspotten.«

Nun, ich glaube, er hat es eher aus Liebe getan.

Mit über sechzig Jahren und einer von den Gewässern Afrikas und vom starken Zuckerrohrschnaps Brasiliens ruinierten Leber, war seine Lebenserwartung nicht mehr sehr hoch. Und so lebte er fortan nur noch für Ana Olímpia. Er hatte eigens für sie einen Französischlehrer aus Paris kommen lassen, der während seines zwölfmonatigen Aufenthaltes in Luanda zwölf Sklavinnen schwängerte. Ob der Ausdauer des Bretonen beeindruckt und gewiß auch ein wenig beunruhigt, wollte der alte Anarchist sichergehen, daß sich solches mit dem Musiklehrer nicht wiederholte. Und so fuhr er selbst nach Neapel und brachte von dort einen zarten, parfümierten, herausgeputzten Jüngling mit, den die Luandenser Ohali, »Kronenkranich«, nannten. Nur wer diesen schönen Vogel jemals gesehen hat – mit flammendem Kopfputz, rotem Halstuch, schwarzem Frack und weißen Handschuhen –, nur wer ihn eitel und feminin durch die weiten Ebenen in Angolas Süden hat stolzieren sehen, weiß, wie trefflich dieser Spitzname auf den Italiener paßt.

Anders als der Bretone ist Ohali nicht in sein Land zurückgekehrt, sondern unterrichtet die Senhoras von Luanda bis auf den heutigen Tag im Klavierspiel, handelt mit Duftwässern und organisiert Festlichkeiten. Ein geheimnisvolles Fieber hat ihn seiner Stimme beraubt, doch wußte er aus der Not eine Tugend zu machen und souffliert seither im Teatro da Providência zu gegebenem Anlaß. Ich habe verschiedentlich gesehen, oder vielmehr gehört, wie vortrefflich er flüstert, und da erst fiel es mir wie Schuppen von den Augen, weshalb die Gelegenheitsschauspieler dieses Landes heute in der Mehrzahl mit so unverkennbar neapolitanischem Akzent sprechen.

Neben all diesen erlesenen Tätigkeiten widmet sich Ohali zudem der neuen Kunst des Kolorierens von Lichtbildern. In seinem kleinen Atelier in der Rua Direita do

Bungo lichtet er die Damen und Herren der Kolonie, Knaben und Mädchen sowie Menschen aus dem Volke ab, alle in erschrockener oder erstaunter Pose vor einem Bild des feuerspeienden Vesuvs.

Wer neu ist in Luanda, wird bei seinen Besuchen in dem einen oder anderen Hause vielleicht vermuten, mehr oder minder alle Welt sei in Italien gewesen. Im großen Speisezimmer meines Gastgebers hängt, bewacht von zwei grimmigen Nashornschädeln, das Konterfei Arcénio de Carpos des Älteren, in einem Schaukelstuhl sitzend, und zu seiner Rechten, stehend und ganz in Weiß, Arcénio de Carpo der Jüngere. Im Hintergrund bricht der Vesuv aus. Auch Gabriela Santamarinha sah ich glücklich lächeln, während der Vesuv Pompei verschlang. Und in Ohalis Atelier war ich zugegen, als zwei Sesselträger im Lendenschurz – wahrhaftig! – schreckensstarr vor der historischen Katastrophe posierten.

Victorino Vaz de Caminha legte besonderen Wert auf die politische, philosophische und literarische Erziehung und Bildung seiner jungen Frau. Er diskutierte mit ihr über Proudhon und Michail Alexandrowitsch Bakunin, gab ihr auf französisch den unvermeidlichen Hugo zu lesen, den schrecklichen Baudelaire, den genialen Flaubert, unseren alten, geliebten Gautier, den weitschweifigen, ungefügen Balzac, ja selbst den unerträglichen Lamartine, die Herren Taine, Goncourt und Michelet. Das tapfere Kind tat, wie ihm befohlen, überlebte und wurde eine hellsichtige, selbstbewußte Frau, die weiß, wovon sie spricht, kurzum eine Frau, wie es Männer nur wenige gibt.

So vermag sich Ana Olímpia nicht nur über die Evolutionstheorie oder die neuesten Ereignisse in Europa zu äußern, als habe sie stets im Zentrum des Weltgeschehens gelebt, sondern wendet sich mit ebensolchem Interesse der Vergangenheit ihres eigenen Volkes zu, sammelt Legenden und Sprichwörter der verschiedenen Nationen Angolas, ja, sie erstellt sogar ein Wörterbuch Portugiesisch–Quimbundu. Einmal im Jahr reist sie in die nördlichen Provinzen, in denen einst ihr Vater herrschte, und berät sich dort mit den Stammeshäuptlingen und Ältesten. Wo auch immer sie ist, zu Pferde auf der Jagd, in einem Festsaal oder unter ihrem eigenen Dache, umgeben von ausgelassenen schwarzen Hausjungfern – *molecas* genannt –, sie scheint stets alles Licht auf sich zu ziehen.

In dem kleinen Palais, das sie von ihrem Gatten geerbt hat, versammelt sie jeden Sonntagnachmittag eine Jugend ganz besonderer Art, wach und gebildet, die alles diskutiert und alles in Frage stellt. Ich war einige Male bei diesen Treffen zugegen und stets verwundert, dort Weiße, Schwarze und Braune anzutreffen, die alle die gleiche Liebe zu Angola eint. Ana Olímpia empfängt ihre Gäste in einem hohen Korbstuhl sitzend, umgeben von ihren *molecas*, die mit leichten Sandelholzfächern die Hitze zu mildern suchen und ihrer Herrin in allem rasch und anmutig zu Diensten sind.

Die Sklaverei ist auf diesen Gesellschaften stets Gegenstand heftiger Debatten, bei denen sich nur wenige für den Erhalt des alten Systems aussprechen und die breite Mehrheit die Abolition verficht; darunter etliche aus Häusern mit einer Vielzahl Sklaven, und fast alle Söhne und Töchter von Kaufleuten, die in den Sklavenhandel verwickelt sind. Ana Olímpia, zum Beispiel, verkaufte nach dem Tode ihres Mannes die drei Schiffe, mit denen Victorino Vaz de Caminha zu Reichtum kam, schenkte aber nur ihren Landarbeitern die Freiheit. Der Gerechtigkeit halber sei jedoch hinzugefügt, daß die Luandenser für gewöhnlich weniger grausam sind als die Portugiesen. So zieht Ana Olímpia es denn auch vor, ihre Sklaven, wenn sie sich eines schlimmen Vergehens schuldig gemacht haben, zu verkaufen, statt zu strafen; für diese wiederum die schlimmste Strafe, die ihnen widerfahren kann.

Gabriela Santamarinha hingegen steht zu Recht im Rufe einer gewalttätigen Person. Ich selbst habe bei einer Gelegenheit miterlebt, wie sie ein armes Kind so heftig mit einer Handklatsche strafte, daß Blut ihr Kleid bespritzte. Anschließend ließ sie die Kleine splitterfasernackt an einen Pfosten fesseln und peitschte sie aus. Ihr Vergehen? Eines der vielen zahmen Äffchen war entwischt, mit denen diese gräßliche Weibsperson ihre Gäste erbaut. (Sie kleidet die Tiere aufwendig, die Männchen mit Halsschleife, Weste und Zylinderhut, die Weibchen in afrikanische Tücher, und läßt sie nach Landesart tanzen.)

Pater Nicolau von den Engeln, der bei seinen Besuchen in Luanda häufig in ihrem Hause logierte, erzählte, daß er zunächst ob des lauten Wehklagens der Sklavinnen kein Auge habe zutun können: »Nacht für Nacht griff sich die Santamarinha unter dem fadenscheinigsten Vorwand zwei, drei Albino-Sklavinnen und züchtigte sie mit der Nilpferdpeitsche. Ich empfand dies als so unmenschlich, daß ich sie zur Ordnung rief, und von dieser Nacht an hörte ich nie mehr eine Sklavin schreien. Später erfuhr ich, daß die Santamarinha sie weiterhin schlug, zuvor aber knebelte!«

Mit dem Freibrief für die Landarbeiter ihrer Fazendas gelang es Ana Olímpia, eine der Hauptthesen der Befreiungsbewegung unter Beweis zu stellen – nämlich, daß jedermann in Freiheit mehr und besser arbeitet und die Zahlung von Löhnen durch größere Ernteeinnahmen ausgeglichen wird. Auf einer Zuckerrohrplantage, die Ana Olímpia in Icolo und Bengo besitzt, erwirtschaftete sie mit einer einzigen Ernte 125000 Francs, zehnmal mehr als im Jahr zuvor, als alle Landarbeiter noch versklavt waren.

Warum also hat sie ihre Haussklaven nicht in die Freiheit entlassen? »Weil«, so sagte sie mir, »dies wäre, als stellte ich meiner eigenen Familie den Freibrief aus.« Und dieses mir unverständliche Argument hörte ich später auch von anderen Luandensern: »Wir sind verantwortlich für sie«, versuchte mir Arcénio de Carpo der Jüngere zu erklären. »Wir können sie nicht in die Freiheit entlassen, die Ärmsten wüßten nicht, was sie mit ihrer Freiheit anfangen sollten.«

Nun, was mich betrifft, ich wäre nicht abgeneigt, Ana Olímpias Sklave zu sein. Erschreckt Sie das? Ich fürchte, wenn Sie dies lesen, denken Sie sofort an den vernichtenden Ausspruch der Madame Kirkovitz. Aber wie bereits gesagt, auch ich denke oft an ihn.

Es grüßt Sie Ihr Schützling

Fradique

## Brief an Ana Olímpia
## Paris, Dezember 1872

Meine holde Prinzessin!

Es ist Dezember in Paris. Und war schon Dezember, als ich Luanda verließ und Deine strahlenden Augen. Und wenn dieser Monat vorüber ist, wird noch immer Dezember sein, und wieder Dezember werden und Winter, und aufs neue Dezember und immer so fort, bis zu meiner Rückkehr in den Sommer, der immer und überall ist, wohin Dein Sonnenblick fällt.

In Paris ist Dezember. Nach drei Wochen Eis und Schnee ist die Seine getaut, über die Ufer getreten, und der Fluß ist wie eine riesige, gereizte Schlange – vielleicht *Muene-Zambi-dia-Menha*, die Wassergottheit, von der Du mir so viel erzählt hast – über die Stadt hergefallen, hat Brücken mit sich fortgerissen, Bäume, Häuser und Denkmäler.

Nebel liegt über allem wie eine weiße Nacht. Mitten am Tage fahren die Kutschen mit brennenden Laternen umher, während an den Straßenkreuzungen mit Fackeln bewehrte Gendarme den verzweifelten Schiffbrüchigen den Weg weisen. In der Nähe des Arc de Triomphe, zu dem zwölf Prachtstraßen führen, hat man große Feuer entzündet, die zweihundert Meter weiter bereits niemand mehr sieht. Die Kutscher verfahren sich im dichten Nebel und irren wie Gespenster durch die Stadt, mit laut scheltenden Passagieren und scheuenden Pferden, und so mancher Wagen ist in den Fluß gestürzt, an einem Haus oder Baume zerschellt. In dieser solchermaßen nachtdunklen Stadt leitet und tröstet mich die Erinnerung an Deine lichte Gestalt. Ich sehe Dich vor mir, sehe Dich immerzu, wie ich Dich das erste Mal sah, als Du Dich bezaubernd schön zur Rebita drehtest oder ernst in Muxima meditiertest, allein in der Kapelle, während draußen unter der prallen Sonne der reglose Fluß, die feierliche Landschaft und der wolkenlos blaue Himmel still mit Dir zu sinnen schienen. Dann sehe ich Dich im Galopp über den Sand der Praia dos Veados reiten. Sehe dich in der Ferne lachen, und die Meeresbrise trägt Dein Lachen zu mir, salzig und frisch, herzlich und feucht, und wieder fühle ich wie damals das Leben in seiner ganzen Intensität.

Als Du mich, erschöpft nach derselben Luft wie ich ringend, fragtest: »Und jetzt?«, wußte ich nicht, was Dir antworten. Und auch drei Monate später weiß ich die Antwort nicht. Ich war mein Leben lang Nomade. Habe die halbe Welt bereist, von Chicago bis Palästina, von Island bis zur Sahara, und wußte mir nie diese quälende Rastlosigkeit zu erklären. Heute weiß ich, daß ich auf der Suche nach Dir war. Ich weiß, daß Du mein Schicksal, mein Land, mein Heiligtum bist. Ich weiß, daß es Dezember war, als ich Luanda verließ, und mich der Winter seither wie ein hungriger Wolf umkreist.

Darwin behauptet, die Menschen kommen vom Affen her, was für die meisten wohl zutrifft – sie sind in der Tat heruntergekommen. Dennoch glaube ich, war in meiner Familie das Gegenteil der Fall, mit ihr ging es aufwärts, von jenem Uraffen an bis zum derben Lusitanier. Dann kam Portugals erster König Dom Afonso Henriques, ihm folgten Generationen von Seeleuten und Seefahrern, die Azoren wurden entdeckt und bevölkert, und ich wurde geboren. Aus diesem ganzen ozeanischen Heldengeschlecht bleibt mir nur ein einziger Vetter, der verrückte André, seit etlichen Jahren Kapitän einer Brigg, die für den mühevollen Kabeljaufang in den nördlichen Eismeeren umgerüstet wurde.

Im Herbst 1850 fuhr ich mit ihm zur See (der Gedanke, daß ich im Jahr Deiner Geburt das tosende Weiß der grönländischen Meere durchpflügte, gefällt mir), und ich hatte die Gelegenheit, sein Innerstes kennenzulernen, geprägt durch die Naturgewalten, denen er ausgesetzt war – rauh und kalt, ja ungezügelt, doch auch großzügig und rein. Eines Abends, ich weiß nicht, ob wegen seines harten Vorgehens oder einer ungerechten Entscheidung, brach an Bord eine Meuterei aus, und die Matrosen fesselten meinen Vetter und übernahmen das Kommando. Während sie darüber befanden, was mit ihm zu tun sei – die einen wollten ihn ins Meer werfen, die anderen ihm eine Tracht Prügel verabreichen –, banden sie ihn außen an die Reling. Die Diskussion zog sich hin, ein, zwei Stunden, bis André schließlich laut zeterte: »Rein oder raus, ihr Lumpengesindel! Hier jedenfalls bleibe ich nicht, mich schmerzt allmählich das Kreuz!«

Möchtest Du wissen, Liebes, warum ich Dir diese Geschichte erzähle? Weil mich, wie seinerzeit meinen Vetter André, weniger mein Schicksal beunruhigt, als vielmehr dieses absurde Warten. Schreibe mir, laß mich wissen, wie Du Dich entschieden hast. Gib mich dem Winter preis oder errette mich aus ihm.

Der Deine

Fradique

P.S.: Die Matrosen zogen André an Bord, lösten ihm die Fesseln und er übernahm erneut das Kommando. Bestraft wurde niemand.

## Brief an Ana Olímpia
## Paris, Januar 1873

Geliebte!

Beim Lesen Deines Briefes dachte ich, so hätte ich vor einigen Jahren auch schreiben können, als ich noch sehr jung war und vermeinte, alles über die Leidenschaften der Seele zu wissen. Du schreibst: »Unsere Liebe keimte im verborgenen, und ginge es nach Dir, müßte sie so fortbestehn, doch zeugt Schatten sie und Bitternis – der Gefühle Hindernis – bis zu ihrem völligen Ersterben.« Ich hingegen glaube, daß gewisse Gefühle rascher erlöschen, wenn sie dem Licht der Straßen und Plätze ausgesetzt sind.

Die Reliquien werden im Allerheiligsten der Tempel verwahrt, damit das Mysterium sie schütze und erhöhe. Das kostbarste Geschmeide liegt in Tresoren verschlossen. Das heilige Wissen ist den Priestern vorbehalten und bleibt allein deshalb heilig. Enthüllen heißt stets entweihen. Wenn unsere Liebe denn heilig ist, und das ist sie, muß sie geheim bleiben.

Auf Deine zweite Frage gibt es keine Antwort.

Bedaure mich nicht – zum Winterdasein verdammt, trage ich dennoch die Sonne in mir.

Ich liebe Dich, werde Dich immer lieben.

Fradique

## Brief an Ana Olímpia
## Lissabon, Juli 1876

Teuerste Freundin!

Heute morgen erhielt ich einen Brief des alten Arcénio, und nun weiß ich, in welch überaus mißliche Lage man Dich gebracht hat. Unglücklicherweise erreichte mich der Brief erst mit großer Verspätung, denn Smith schickte ihn mir zunächst nach Coimbra nach, wo ich einige Tage verbrachte, um alte Bande und Erinnerungen aufzufrischen; als er dort eintraf, war ich jedoch bereits wieder abgereist, und die Post sandte ihn an seinen Ursprungsort zurück. So weiß ich weder, wo Du dich derzeit aufhältst, noch wie Dein Befinden ist; wenn Du aber dieses Billett liest, das ich Dir über den jungen Arcénio zukommen lasse, dann wisse, daß es noch nicht zu spät ist.

In zwei Wochen schiffe ich mich, auf alles vorbereitet, nach Luanda ein. Um Mut muß ich Dich wohl nicht erst bitten, denn ich weiß, Du hast ihn im Übermaß.

Der Deine

Fradique

## Brief an Madame de Jouarre
## Lissabon, August 1876

Geliebte Gönnerin,

morgen reise ich nach Angola, überraschend und im geheimen, oder besser gesagt so heimlich, wie es jemandem, der sich nach Afrika einschifft, nur möglich ist. Veranlaßt hat mich eine unglückselige, unglaubliche Nachricht, die mich gleichermaßen mit Zorn und Scham erfüllt: Man hat Ana Olímpia, meine geliebte angolanische Freundin, von der ich Ihnen so viel erzählte, einem brasilianischen Neuankömmling und Abenteurer als Sklavin übergeben!

Wie Sie wissen, wurde Ana Olímpia als Tochter einer Sklavin im Hause eines Kaufmanns aus Bahia geboren, Victorino Vaz de Caminha mit Namen, welchselbigen sie später ehelichte. Gewiß weil ihm derlei unnötig erschien, kam es Victorino nie in den Sinn, Ana Olímpia einen Freibrief auszustellen, und so starb er, ohne dies getan zu haben. Vor annähernd sechs Monaten nun tauchte in Luanda unglücklicherweise ein Bruder des Verstorbenen auf, ein gewisser Jesuíno, ein, wie ich hörte, derber, gewalttätiger Mensch, der in Mato Grosso, Bolivien und Paraguay nach Gold und Diamanten suchte und lange Zeit als verschollen galt. Während der fünfzig Jahre, die er in Angola lebte, hatte Victorino niemals mit ihm korrespondiert, und mir gegenüber äußerte er sogar einmal, er habe keine Angehörigen. Später erzählte er mir dann von seinem Bruder, vage und teilnahmslos, als handle es sich um einen Fremden. Und ich gewann den Eindruck, zwischen beiden sei etwas irreparabel Tragisches geschehen.

Jesuíno ging in Luanda ohne Vorankündigung an Land und mit ihm fünf schwarze Sklaven nebst einem indianischen Diener. Es dauerte nicht lange, und er machte Schulden auf den Namen seiner Schwägerin. Er versuchte sie zu überreden, ihm Geld für den Bau einer Eisfabrik in der Stadt zu leihen; da ihm dies jedoch nicht gelang, ging er dazu über, sie öffentlich bloßzustellen. Und schließlich erinnerte sich jemand daran, daß Victorino es versäumt hatte, Ana Olímpia einen Freibrief auszustellen, diese deshalb nach wie vor Sklavin sei und somit Eigentum seiner nächsten Verwandten, wie auch alle übrigen Sklaven, alle Gebäude, alles Land, alle beweglichen Güter und Zuckerrohrplantagen, die der Kaufmann hinterlassen hatte. Nicht einmal das generöse Dekret des Marquês de Sá da Bandeira, das vor acht Jahren die Abschaffung der Sklaverei in allen Kolonien verfügt hatte, half Ana Olímpia vor Gericht, welches befand, sie müsse, gerade weil sie freigelassen worden sei (!), ihrem Herrn für weitere sechs Jahre zu Diensten sein, erst dann könne sie den Status einer Freien erlangen.

Ich weiß nicht viel mehr, als daß meine Freundin weiterhin in Luanda weilt oder sich zumindest vor zwei Monaten noch dort befand, offenbar als Gefangene in ihrem eigenen Hause. So reise ich nun ohne einen bestimmten Plan, mehr von der Empörung getrieben denn von der Vernunft, auf jeden Fall aber mit dem festen Vorsatz, diesen Schurken niederzuschießen (denn Stil hat dieser Mensch nicht).

Ich lasse von mir hören, sobald ich in Luanda bin.

Der Ihre

Fradique

## Brief an Madame de Jouarre
## Luanda, September 1876

Geliebte Gönnerin!

Gestern traf ich an Bord eines englischen Klippers in Luanda ein. Der junge Arcénio de Carpo erwartete mich am Hafen und versorgte mich dort sogleich mit den neuesten Nachrichten; einer guten und einer schlechten. Die gute: Ana Olímpia befindet sich weiterhin in Luanda. Die schlechte: Jesuíno hat sie an Gabriela Santamarinha verkauft (oder vermietet)!

Wir begaben uns zum Herrenhaus der Familie in der Oberstadt. Der alte Arcénio de Carpo empfing uns an der Tür. Er umarmte mich gerührt, und mir war, als hielte ich ein körperloses, flüchtiges Wesen umfangen, einen zitternden Vogelkörper. Er nahm mich mit in die Bibliothek, und ich sah, daß er soeben einen Karabiner gereinigt hatte. Er führte mir seine beeindruckende Waffensammlung vor: »Sucht Euch die Eure aus, wir ziehen in den Krieg.« Sprach's und ließ sich, das Gewehr zwischen den Knien, auf dem Sofa nieder:

»Victorino Vaz de Caminha war mein Freund, ein

guter Freund, ich habe mit ihm Angola durchquert, vom Quissembo bis zum Bailundo, Ihr könnt nicht ermessen, wie groß dieses Land ist. Jetzt bin ich so gut wie tot, ich bin vor kurzem vierundachtzig Jahre alt geworden und fühle mich krank, ich spüre, daß er und ich bald wieder zusammen sein werden. Dann wird er mich nach seiner Frau fragen und dem vielen Land, das er hier zurückgelassen hat. Und ich, was sage ich ihm?« Er schwieg eine Weile:

»Ja, was sage ich ihm? Soll ich ihm sagen, daß hier ein Bandit aufgetaucht ist, sich sein Vermögen unter den Nagel gerissen und seine Frau als Sklavin an eine Verrückte verkauft hat und ich all dem still zugesehen habe?!«

Er hatte Tränen in den Augen. Später erzählte er mir, Jesuíno habe bereits das prächtige Stadthaus Ana Olímpias an ein deutsches Unternehmen veräußert und kaufe sich nun mit diesem Geld die Gunst anderer, und zwar solcher Art, daß er in kürzester Zeit mehr an Einfluß bei den Behörden erlangt habe als er, der bereits seit einem halben Jahrhundert in Angola lebe.

Da sich der alte Carpo als einer der wenigen unter den portugiesischen Kaufleuten Jesuínos Anmaßungen widersetzt hat, richtet sich dessen Zorn nun insbesondere gegen ihn: »Dieser Hundsfott hat eine verleumderische Kampagne gegen mich in Gang gesetzt – er will mich hinter Gitter bringen. Verkündet überall, ich gehöre nach São Tomé verbannt!« Gewiß doch, Arcénio de Carpo selbst gehörte seit langem verbannt und hinter Gitter. Ein Gouverneur hatte dies auch versucht, aber seinerzeit war der Oberst der reichste Mann von Luanda, und wer schließlich das Land verlassen mußte, war jener hohe Beamte selbst. Ein Bataillon *empacaceiros* (Eingeborenensoldaten, mit einem Lendenschurz aus Antilopenfell, einem Federturban und als einziger Waffe einer alten Lanze) eskortierte ihn unter dem Steinhagel einer aufgebrachten Menge bis zum Kai. Mit seinem Geld vermag der alte Carpo heute nur mehr den Schein zu wahren, meines Erachtens dürfte es ein leichtes sein, ihn hinter Gitter zu bringen.

Als ich in Luanda von Bord ging, entdeckte ich, daß sich mein Haß auf Jesuíno während der Reise erschöpft hatte. Im übrigen kenne ich ihn nicht persönlich und habe auch nicht einmal mehr die Geduld, ihn umzubringen. Ich möchte einzig Ana Olímpia befreien, sie mitnehmen und an einen Ort bringen, an dem sie die Schrecken dieser Tage vergessen kann.

Der alte Carpo denkt da anders: »Ich werde den Kerl mit meinen eigenen Händen erwürgen.« Er bringt die Nachmittage damit zu, sich Foltermethoden auszudenken. »Ich könnte ihn auf einem Rost braten«, sagte er, »nach Art des Heiligen Laurentius.« Ich rief ihm weitere, ebenso aparte Todesarten ins Gedächtnis, wie die des Admiral Drake, den Krebse verspeisten; des homerischen Helden Diomedes, der seinen eigenen Rossen zum Fraß vorgeworfen wurde; oder die des Aischylos, der von einer Schildkröte am Kopf getroffen starb. Er überlegte kurz: »Die mit den Krebsen ist nicht schlecht, doch wäre es einfacher, ihn den Nilpferden oder Krokodilen zum Fraß vorzuwerfen.« Und er ersann einen verbrecherischen (und niederträchtigen) Plan: »Am Samstag veranstaltet der Gouverneur eine Krokodilsjagd am Rio Bengo. Es nehmen viele daran teil, auch die Bestie und wir ebenfalls. Auf einer solchen Jagd, die sich vier, fünf Tage hinziehen kann, passiert so manches, und bisweilen kommen Jäger durch eine verirrte Kugel zu Tode. Wir könnten Glück haben.«

Ich entgegnete dem Oberst irritiert, ich fände diese Idee dumm, so einfältig und dumm, daß sein Plan womöglich aufgehe, mich aber solle er aus dem Spiel lassen. Er blieb hartnäckig: »Ich muß ihn töten, bevor ich sterbe, denn danach wird es vielleicht noch schwieriger.« Schließlich erklärte ich mich bereit, ihn zu begleiten – bin ich bei ihm, kann ich zumindest verhindern, daß er eine Torheit begeht.

Von Ana Olímpia hat, wie mir der junge Carpo sagte, niemand seit Wochen gehört. Gabriela Santamarinha hält sie in ihrem Hause gefangen, was mir Sorge bereitet, zumal die exzentrische Senhora in der letzten Zeit eine gewalttätige Phantasie an den Tag legt und es gemeinhin heißt, sie habe den Verstand verloren. Vergangenes Jahr kehrte sie von einem längeren Brasilienaufenthalt mit einem Hofstaat weißer Sklavinnen zurück und veranstaltete wenig später einen großen Ball, zu dem sie die Gäste nach Art der berühmten Königin Ginga, oder Nzinga Mbandi, auf den Schultern einer dieser Sklavinnen thronend, empfing. In Brasilien hätte man über sie gelacht, doch in Luanda, wo die Europäer in steter Furcht vor einem Negeraufstand leben, wurde diese Dreistigkeit als ein schlechtes Vorzeichen gedeutet.

Ich habe bereits daran gedacht, sie aufzusuchen und unumwunden nach Ana Olímpia zu fragen. Ich hätte ihr am liebsten – so weit ist es mit mir gekommen! – Geld für die Freilassung meiner Freundin angeboten. Nun, Gott sei Dank, ist es mir gelungen, Vorsicht und Diskretion walten zu lassen, und obgleich ich mich innerlich verzehre, dürfte ich nach außen hin weiter jener besonnene, distanzierte Cavalheiro sein, wie er sich hier in früheren Jahren erging – ein *touriste* in weißem Leinenanzug auf der Suche nach Exotik und starken Gefühlen.

Es grüßt Sie vielmals Ihr Schützling

Fradique

## Brief an Madame de Jouarre
## Novo Redondo, Oktober 1876

Geliebte Gönnerin,

seit ich Ihnen das letzte Mal geschrieben habe, sind noch keine vierzig Tage vergangen. Und dennoch, in meinem Leben nehmen sie sich wie Monate aus. Alles begann mit jener denkwürdigen Krokodiljagd. Wir brachen im Morgengrauen auf, es war trübe und nieselte; an die hundertfünfzig Mann, darunter Jäger, Sklavenvolk und Dienerschaft, all diese Menschen auf zwei Segelschiffen. An der Mündung des Bengo stiegen wir in kleine Schaluppen und begaben uns auf die gefährliche Fahrt flußaufwärts; die starke Strömung reißt dort Baumstämme mit sich und bildet Wellen und Strudel, die nur äußerst erfahrene Schiffersleute zu umgehen wissen.

»Abuabuabu«, sangen die Männer an den Rudern, die allesamt aus Cabinda stammten. »Wer hat die Welt auf den Kopf gestellt?« fragte einer mit sonorer Baßstimme. »Maria die Zweite«, antworteten die anderen, um sodann wieder ihr »abuabuabu-aiuî-mamauê« anzustimmen. Dieser endlose, hypnotische Wechselgesang, der fortdauerte, bis wir an Land gingen, hat sich mir so stark eingeprägt, daß ich nunmehr, sobald eine Anstrengung meiner harrt, wie von selbst vor mich hinträllere: »Abuabuabu/Wer hat die Welt auf den Kopf gestellt?/Maria die Zweite/ abuabuabu-aiuê-mamauê!«

Am linken, weniger sumpfigen Flußufer angekommen, legten wir den Rest der Strecke zu Fuß oder in Tragsesseln zurück, bis wir auf eine große Hütte stießen, die bei Exkursionen dieser Art für gewöhnlich als Hauptquartier dient. Arcénio de Carpo wollte sich in keinen der Tragsessel bequemen, sondern mich unbedingt zu Fuß begleiten, wobei er seine Waffe selbst trug, als sei er ein junger Mann und habe nicht gute achtzig Jahre auf dem Buckel. Einer der Jäger fragte ihn scherzend, wovon er sich denn ernähre, um noch so rüstig zu sein. Arcénio antwortete mit einem Aufschrei:

»Haß!«

Der Verursacher dieses Hasses erwartete uns, im Schatten sitzend, eine Zigarre zwischen den Zähnen. Ich erkannte ihn auf der Stelle, hatte er doch denselben flackernden Blick, dasselbe breitflächige Gesicht, denselben wilden Bart wie Victorino Vaz de Caminha. Zu seiner Rechten stand, gleichmütig gegenüber der Neugier der Neger und den Spötteleien der Weißen, ein kleinwüchsiger, tiefbrauner Mann mit scharfen Zügen, glattem, zu einem Pferdeschwanz gebundenen Haar und mit einem Poncho bekleidet. Als wir näher kamen, erhob sich Jesuíno, sah dem Oberst in die Augen, spuckte zur Seite aus, wandte sich ab und ging in die Hütte. Ich packte Arcénio am Arm, rechtzeitig, um zu verhindern, daß er die Waffe hob, doch nicht bevor der Indianer die

Absicht des Alten bemerken konnte (dieses Detail ist von Bedeutung).

Wir aßen vor Ort. Ein Uhr mittags war vorüber, und die Sonne schien in ihrer ganzen Pracht. Benommen von diesem Übermaß an Licht und der Trägheit des Nachmittags – zu dieser Stunde scheint das Leben unter Afrikas Himmel fast stillzustehen –, streckte ich mich in einer Hängematte aus und schlief ein. Arcénio weckte mich wenig später. Er hatte etliche Gläser *quimbombo* getrunken, eine Art Eingeborenenbier, und die Hände zitterten ihm: »Gehen wir!« sagte er zu mir, »die Bestie lauert auf uns im Hinterhalt.« Unsere Jagdgefährten hatten sich in der Mehrzahl bereits hinab zum Fluß begeben und nahmen in leichten Bimba-Einbäumen Platz, die ungeachtet ihres zerbrechlichen Aussehens äußerst sicher sind. Und in eines dieser Boote setzte nun auch ich mich mit Arcénio de Carpo, zwei Dienern und vier Ruderern.

Der Fluß durchfließt an dieser Stelle dichten Urwald. Seine Wasser, an den Ufern von der wildwuchernden Vegetation und dem, was ich mir unter einem dunklen, überschwemmten Gehölz vorstelle, in ihrem Lauf gehemmt, sind voller Leben. Trotz der schwachen Strömung kam unser Boot nur langsam voran, denn die Ruder verfingen sich immer wieder im Wurzelwerk, und man durfte die Wasseroberfläche nicht aus den Augen lassen. Hin und wieder machten wir in einer Biegung des Flusses das eine oder andere Boot aus, das sich alsbald in der nächsten Biegung oder hinter einer von hohem Gras überwucherten Insel verlor. In keinem aber sahen wir Jesuíno.

Auch Krokodile bemerkten wir nicht. »Wißt Ihr den

Unterschied zwischen Jesuíno und einem Krokodil?« fragte mich der Oberst. Ich verneinte. »Pech für den Bahianer«, entgegnete er lachend. »Ich weiß ihn auch nicht.« Wir fuhren weiter bis zum Einbruch der Dämmerung, ohne Jesuínos ansichtig zu werden, und was die Krokodile betraf, so war das einzige, das wir entdeckten, nach Art eines barocken Kruzifixes an einen Baumstamm genagelt, der vor einer sonderbaren Pfahlhütte aus Binsengeflecht stand.

Es war bereits Nacht, als wir zurückkamen, wir waren erschöpft und hatten nicht eine einzige Patrone verschossen. Neger und Weiße tanzten um ein Feuer, neben dem man die erlegten Tiere aufgereiht hatte, nicht mehr als ein Dutzend, eine unbedeutende Anzahl angesichts der Tatsache, daß im Jahr zuvor eine gleich große Jagdgesellschaft vierundfünfzig Exemplare an einem einzigen Nachmittag erlegt hatte.

Zum Nachtmahl briet man *cacussos*, äußerst schmackhafte Süßwasserfische – in diesem Teil Afrikas im Überfluß vorhanden –, und trank portugiesischen Wein, *quissangua* und *quimbombo*, während die Jäger in Gruppen um die Feuerstellen lagerten. Ich setzte mich dazu und lauschte mit Vergnügen einem der Führer, der fest und steif behauptete, er habe fünf Jahre als Sklave in Guayana gelebt und sei als blinder Passagier an Bord eines Dampfschiffes zurückgekehrt – bis schließlich blutdürstige Moskitos in Scharen über uns herfielen. Für gewöhnlich halten Zigarettenrauch und Lagerfeuer diese fürchterlichen Insekten fern; doch nicht dort, wo sie unersättlich sind und, wie ich meine, sehr viel gefährlicher als Krokodile. Da ich fürchtete, sie könnten mich bei lebendigem Leibe fressen, ging ich in die Hütte, spannte Hängematte und Moskitonetz nahe einem Fenster auf und konnte dort zumindest die kühlere Nachtluft genießen. Ich mußte an einen deutschen Freund denken, einen weitgereisten Mann, der vor einigen Jahren den Oberen Xingu im brasilianischen Amazonien besucht hatte: »Als ich aufwachte«, erzählte er, »war ich so von Moskitos zerstochen und von so quälendem Juckreiz geplagt, daß ich nur noch wünschte, ich wäre ein Fisch und eine Köchin könnte mich schuppen.«

Arcénio de Carpo torkelte wenig später in die Hütte, Gott auf quimbundu und portugiesisch verfluchend, und als ich aufstand, ihm zu helfen, stieß er mich grob zurück: »Eure Exzellenz müssen wissen, ich bin zwar betrunken, doch tot noch nicht. Und solange ich lebe, legt mich kein Mann ins Bett.«

Es war wohl gegen fünf Uhr früh, als ich erwachte. Eine grüne Taube saß auf dem Moskitonetz über meinem Kopf, und ein Sonnenstrahl tanzte auf meinem Gesicht. Ich ließ meinen Blick durch die Hütte wandern, überall lagen Menschen, in Hängematten und auf Strohmatten, wahllos durcheinander wie nach einer Schlacht oder einem Trinkgelage. Dann erst bemerkte ich Arcénio de Carpo, zwei Meter von mir entfernt auf dem Rücken liegend, sehr bleich, sehr starr, und aus unerklärlichem Grunde kam mir das Bild des gekreuzigten Krokodils in den Sinn. Von einer bösen Vorahnung gepackt, stand ich auf und schüttelte ihn, doch er rührte sich nicht, lag nur steif und feierlich da, als wäre er am Boden festgenagelt.

Und er war es tatsächlich.

Man hatte ihm einen langen, schmalen Dolch mitten

in die Brust gerammt, und zwar mit solcher Gewalt, daß die Klinge Körper und Strohmatte durchstoßen und sich tief in die harte Erde gegraben hatte.

Die Rückreise gestaltete sich konfus und turbulent. Die folgenden Tage noch schlimmer. Der junge Arcénio de Carpo, der in Luanda geblieben war, sich um die Geschäfte zu kümmern, hatte lange vor unserer Ankunft vom Tode seines Vaters erfahren. Noch bevor die Anker geworfen waren, sah ich ihn am Strande an der Spitze eines Zuges von Sklaven, eine Pistole im Gürtel, den breitkrempigen Hut tief ins Gesicht gezogen. Während die Frauen klagten, weinten, schrien und sich in Zuckungen wanden, nahm der junge Mann seinen toten Vater schweigend in Empfang.

Er sprach erst wieder am nächsten Morgen nach der Beerdigung und bedeutete mir düster, ich möge packen, es könne sein, daß wir Luanda Hals über Kopf verlassen müßten. Selbigen Abends bei Tisch ließ er verlauten, es sei ihm gelungen, mit Ana Olímpia zu reden, es ginge ihr gut, und sie schicke mir Grüße. Ich sagte ihm, ich wolle sie gerne selbst sehen. Arcénio sah mich an und kam mir mit einem Male alt und müde vor, doch auch entschieden und seiner sicher und von jener unerschütterlichen Arroganz, mit der schon sein Vater durchs Leben gegangen war. »Ihr werdet sie sehen«, sagte er, »wir holen sie da heraus.«

Dies war an einem Samstag. Am Montag weckte mich nachts ein Junge mit einer Kerze in der Hand und erklärte mir, Arcénio de Carpo erwarte mich in der Bibliothek, wo ich ihn in der Uniform seines Vaters im Kreise einiger Freunde und Vertrauensmänner antraf. In diesem

Augenblick löste sich eine Frauengestalt aus dem Dunkel und schmiegte sich an mich: Ana Olímpia.

Ich hatte keine Zeit, ihr Fragen zu stellen. »Gehen wir«, rief Arcénio de Carpo, »draußen warten Pferde auf uns und bei Novo Redondo ein Schiff.« Als er meinen Schrecken bemerkte, zuckte er die Schultern. »Ich habe Euch nichts gesagt, denn Eure Exzellenz hätten mich gehindert zu tun, was getan werden mußte – ich habe die Bestie getötet!«

Wir verließen Luanda im herrlichsten Mondschein, durchquerten im Galopp das Eingeborenenviertel von Ingombota, schreckten die Hunde auf, überrannten Ziegen, Schweine und Hühner, zertraten die noch warme Asche der Feuerstellen. Erst als wir uns auf freiem Gelände befanden, verlangsamten wir das Tempo, und Arcénio war endlich bereit zu berichten, was sich zugetragen hatte. »Um zwei Uhr morgens klopfte ich bei der Bestie an, und während fünf meiner Männer die Dienerschaft ohne große Mühe überwältigten, da die meisten schliefen, riß ich ihn aus dem Bett und forderte ihn zum Duell auf Pistolen.«

Jesuíno hatte keine Wahl. Und so gingen sie in den Patio. Auf dem Wege gestand Jesuíno, daß er tatsächlich einem seiner Diener, dem Paraguayer, Order erteilt hatte, den Oberst zu töten. Er sei froh, dies getan zu haben; er habe den Vater getötet und würde nun auch den Sohn töten. Sie stellten sich Rücken an Rücken, gingen zehn Schritte auseinander und wandten sich einander wieder zu; Arcénio schoß als erster, traf jedoch nicht. Er stützte den Unterarm auf die linke Hand, und während er erneut zielte, versuchte er einzig an seinen Vater zu denken und an den Haß, den dieser ihm hinterlassen hatte. Er vernahm bissiges Gelächter, das Zischen der Kugel, vernahm, wie der andere ihn auf spanisch verfluchte. Drückte erneut ab, und Jesuíno stürzte, in die Brust getroffen, zu Boden.

Ich wollte wissen, was mit dem Indianer geschehen war. Der junge Carpo sah mich über die Schulter hinweg an, seine runden Vogelaugen funkelten mehr denn je: »Er ist entkommen! Aber Eure Exzellenz können beruhigt sein, ich werde ihn finden, und wenn ich wie Dante mit einer Laterne in der Hand hinab in die Hölle steigen muß!« (Die Klassiker hat er nie gelesen.)

Ana Olímpia zu befreien, sei nicht schwer gewesen, sagte er: »Ich habe fünf weitere Männer zu Gabriela Santamarinha geschickt. Dort brachen sie die Tür auf, banden die arme Senhora ans Bett, fesselten sämtliche Sklaven und machten sich sodann aus dem Staub. Es kann durchaus zwei, drei Tage dauern, bis jemand sie entdeckt.«

Erst als der Vormittag seinem Ende zuging und die Pferde, erschöpft von der drückenden Hitze und dem langen Ritt, zu erlahmen begannen, konnte ich mit Ana Olímpia sprechen. Vor uns dehnte sich ein weites Meer trockenen Graslandes, im Osten in kupferfarbenes Licht getaucht und hier und da von der Ballerinensilhouette einer Akazie durchbrochen. Wir hielten bei einer Wasserstelle und gaben den Tieren zu trinken. Ein mächtiger Affenbrotbaum ragte aus dem dunklen Wasser, melancholisch wie ein gestrandetes Schiff. Ana Olímpia wollte nicht erzählen, was ihr in den letzten Monaten widerfahren war: »Ich kann nicht über etwas sprechen, was ich noch immer nicht verstehe.« Ihre Verschlossenheit, ihr verängstigtes Wesen erschreckten mich.

Wir verzehrten unser Mittagsmahl an Ort und Stelle: fünf Büchsen Nanteser Sardinen, etwas gerösteten Stockfisch, Maniokbrei, Brot und Branntwein. Während des Essens legte uns Arcénio de Carpo seinen Fluchtplan dar: »Eines meiner Schiffe ist diese Nacht Richtung Cabinda in See gestochen. An Bord befindet sich nur die Besatzung, doch habe ich verbreiten lassen, wir alle hätten uns eingeschifft. Somit weiß also niemand, daß wir den Landweg genommen haben, und selbst wenn man es wüßte, könnte man uns nichts anhaben. Zudem vermutet man uns im Norden, doch wir reiten nach Süden. In Novo Redondo erwartet uns eine Brigg mit einer Ladung Sklaven für Pernambuco.«

Ich sah ihn bestürzt an. Ein Sklavenschiff?! In diesem Falle müsse er auf mich verzichten. Arcénio zuckte die Schultern: »Eure Exzellenz haben keine andere Wahl. Ich selbst hatte keine Wahl. Wie übrigens niemand in dieser Sache.« Während wir dergestalt diskutierten (Ana Olímpia blieb geistesabwesend und stumm), sahen wir eine Gruppe Quissamas näher kommen, Männer und Frauen, palmölglänzende Gestalten in Baumwolltüchern, das Haar sorgfältig zu kleinen Zöpfen geflochten und mit roten Glasperlen an den Enden. An einem Seil schleiften sie einen mageren, mit Wunden übersäten Burschen hinter sich her, dem der Schrecken in den Augen geschrieben stand.

Einer der Männer, einen prächtigen Bowler auf seinem Haarschopf, kam zu uns, wies auf den Jungen und rief etwas, das ich nicht verstand. Arcénio de Carpo lachte: »Er fragt, ob wir einen Sklaven kaufen wollen.« Ich lehnte entrüstet ab, worauf sich mir der Junge weinend und jammernd zu Füßen warf. »Wenn wir ihn nicht kaufen, bringen sie ihn um«, erklärte Carpo. »Das genau wollte ich Euch begreiflich machen. Wenn ich einen Sklaven kaufe, rette ich ihm das Leben.« In Carpos Vorstellung ist der Sklavenhandel somit ein Ausdruck von Menschenliebe. Wie sein Vater ist er den Negern herzlich zugetan und verkauft sie einzig aus diesem Grunde nach Brasilien. Er glaubt, daß die Tage der Sklaverei in dem großen Vaterlande Dom Pedros II. gezählt sind und daß die Ärmsten, sind sie erst einmal frei, dort besser aufgehoben sind als derzeit hier.

Wir setzten unsere Reise um vier Uhr nachmittags fort, den Jungen nahmen wir mit; bei Einbruch der Dunkelheit erreichten wir Calumbo am rechten Ufer des Quanza, wo uns ein Weißer empfing, ein Freund Arcénio de Carpos, der in dieser Ortschaft einen florierenden Gemischtwarenladen betreibt. Justino, oder Kituto, wie ihn die Eingeborenen nennen – ein alter pensionierter Militär –, ließ sich, ohne ein Wort zu entgegnen, von de Carpo berichten, weshalb wir gekommen waren, und verharrte auch weiterhin in Schweigen, als dieser geendet hatte. Schließlich stand er auf und schloß ihn in die Arme.

In dieser Nacht schlief ich leidlich bequem auf einem improvisierten Bett, zwischen Säcken mit *cabulo*-Bohnen, Fässern portugiesischen Weins und diversen Stapeln feinster Bowler. Kituto überließ seine Kammer Ana Olímpia, doch als ich sie am nächsten Morgen sah, wußte ich, daß sie eine schlaflose Nacht verbracht hatte. »Ich kann nicht schlafen«, sagte sie. »Sobald ich die Augen schließe, sehe ich all das, was ich nicht sehen will.«

Wir überquerten den Fluß in einem Floß des Händlers und erreichten am Nachmittag des folgenden Tages, nach einer weiteren Nacht unter freiem Himmel, den Marktflecken Novo Redondo oder Quisala, wie ihn die Eingeborenen dieser Region nennen. Verwundert ob unseres abgerissenen Aussehens, liefen die Leute in den Straßen zusammen, und Arcénio mußte uns mit Peitschenhieben den Weg zum Hause seines Onkels Hóracio Benvindo bahnen, einem Bruder seiner Mutter, ein Hüne von Mann, sehr würdevoll und sehr dunkel, der uns auf einem Kamel entgegenkam. Die Gefährtin Horácios, Lívia, eine prachtvolle Frau mit weichem goldenen Haar, ist die Enkelin eines neapolitanischen Kaufmanns, Nicolau Tabana, der es hier zu Kindern und Reichtum brachte. Tabana kam 1818 nach Novo Redondo, zusammen mit weiteren vierundzwanzig Italienern, allesamt Verbannte (ich konnte nicht in Erfahrung bringen, ob wegen politischer oder krimineller Vergehen). Und dies erklärt auch, warum es heute so viele Mulatten und »Zicklein« – wie man die Kinder eines Weißen mit einer Mestizin hier nennt – in diesem Landstrich gibt. Das Haus Horácio Benvindos, eines der wenigen des Städtchens, die im europäischen Stil erbaut sind, war für unseren Empfang festlich geschmückt. Die lächelnde blonde Lívia vor dem Portal erschien mir wie ein Engel an der Pforte zum Himmel. Ana Olímpia, die seit drei Nächten nicht geschlafen hatte, stieg zitternd und schwankend vom Pferd, tat fünf Schritte wie zu einem langsamen Tanze und fiel mir besinnungslos in die Arme. Ich trug sie nach innen in ein kleines Zimmer, das Lívia mir anwies, und legte sie aufs Bett; und dort liegt sie noch immer (seit nunmehr zwei Tagen), fiebert und phantasiert. Lívia, von ihrem Vater in die Geheimnisse der Kräuterkunde eingeweiht, pflegt sie hingebungsvoll, aber wie es scheint, vermochten bisher weder ihre Absude noch ihr Räucherwerk oder ihre Pomaden etwas auszurichten. Ich wollte Luís Gonzaga – weit und breit der einzige Arzt – aus Benguela rufen lassen. Aber Arcénio brachte mich davon ab: Es kann fünf Tage, ja gar eine Woche dauern, bis er hier ist, und wir müssen zuvor weiterziehen.

Diesen Brief nimmt morgen ein reisender Händler im Dienste Horácio Benvindos nach Luanda mit. Wenn er Sie erreicht, befinde ich mich möglicherweise schon in Brasilien. Ich habe Freunde in Pernambuco und São Salvador da Bahia, die mich, obgleich sie mich nicht erwarten, gewiß mit offenen Armen empfangen werden. Unterdessen wäre ich Ihnen sehr verbunden, wenn Sie den unschätzbaren Smith bitten könnten, zwanzigtausend Francs auf meinen Namen an die Bank von Brasilien zu überweisen.

Arcénio de Carpos Brigg heißt »Nação Crioula«. Um mich zu trösten, meinte er, die »Nação Crioula« sei sehr wahrscheinlich das letzte Sklavenschiff der Geschichte. Es scheint mir dennoch ein zweifelhaftes Privileg, auf diesem letzten Sklavenschiff zu reisen, aber was tun, wir haben in der Tat keine andere Wahl.

Ihr getreuer Schützling

Fradique

## Brief an Madame de Jouarre
## Olinda, Dezember 1876

Geliebte Gönnerin!

Während ich im Garten eines wunderschönen Kolonialpalais (ein Besitz Arcénio de Carpos), in dem wir logieren, an einem Steintisch sitzend diesen Brief an Sie schrieb, überraschte mich die Abenddämmerung. Die Nachmittage hier gehen jäh zur Neige, gewaltig, in einer großen Feuersbrunst, die in Asche und Melancholie erlischt. Doch anders als im westlichen Afrika, anders als ich es mir stets erhoffe, versinkt die Sonne nicht im Meer – das Wasser färbt sich dunkel, fast schwarz, und die Nacht steigt gleichsam von seinem Grunde auf.

Ich nehme an, mein Brief aus Novo Redondo hat Sie erreicht, und somit dürften Sie bereits wissen, weshalb ich mich hier befinde. Von diesem Tische aus sehe ich die Stadt mit ihren närrisch bunten Häusern, ihren Kolonialpalästen, Barockkirchen und hohen Palmen sich über die sanften Hügel hinziehen bis zur Schlucht. Novo Redondo liegt jenseits dieser dunklen Weite, fünfundzwanzig Tagesreisen mit dem Schiff entfernt, dreitausendfünfhundert Seemeilen, und fast auf demselben Breitengrad, auf dem der portugiesische Edelmann Duarte Coelho Pereira vor drei Jahrhunderten Olinda hat erbauen lassen.

Am letzten Abend in Novo Redondo gab Horácio Benvindo uns zu Ehren ein bizarres, pompöses Fest, das sich bis zum Einbruch der Nacht des folgenden Tages hinzog, als die »Nação Crioula« im Schutze der Dunkelheit ihre Anker lichtete und in See stach. Ich hatte bereits beschlossen, Ana Olímpia trotz ihres kritischen Zustandes mitzunehmen, ich hielt es für ratsamer, die Überfahrt zu wagen – zumal ich sie in Pernambuco von den besten Ärzten würde behandeln lassen können – statt sie am Ende der Welt der fragwürdigen Inspiration einer blonden Kräuterhexe zu überlassen. Doch beim Krachen der ersten Raketen kam meine Freundin verwundert zu sich, als kehrte sie aus einem anderen Leben zurück, und erhob sich wenig später von ihrem Lager, um dem Volke draußen bei seinem fröhlichen Treiben zuzusehen.

Horácio Benvindo hatte auf dem Kirchplatz eine lange Tafel aufstellen lassen, mit Platten gebratenen Fleisches (Büffel, Wildschwein und diversem Geflügel), drei Fässern guten Madeira-Weins und ebenso vielen mit Zuckerrohrschnaps; und nach einer langen Rede, in deren Verlauf er zum Gedenken an den alten Arcénio de Carpo ein eigens verfaßtes Sonett vortrug, lud er den gesamten Marktflecken ein, mit uns zu trinken. Anschließend spielte eine achtköpfige Kapelle auf. Fünf Musikanten bliesen wundersame Elfenbeinhörner, während die restlichen drei unterschiedliche Trommeln rührten. Die Hörner, aus Elefantenzähnen und mit geometrischen Mustern in Rot, Schwarz und Gelb verziert, maßen allesamt mehr als einen Meter und klangen rauh und äußerst kräftig, ganz wie das Brüllen eines prähistorischen Tieres.

Die kleine Kapelle steckte das Volk rasch mit ihrem stürmischen Rhythmus an. Horácio und Lívia schlossen sich dem Tanze an und zu guter Letzt selbst ich, allerdings sehr zum Ärgernis Arcénio de Carpos, der dem Treiben ein wenig abseits mit unverhohlener Geringschätzung zusah. Bei *batuques* dieser Art bilden die Tänzer für gewöhnlich einen Kreis, in dessen Mitte einer von ihnen Schritte vollführt, zu denen die anderen klatschen; nach einer Weile wählt der Tänzer oder die Tänzerin einen Nachfolger aus, bewegt sich auf diesen zu und gibt ihm einen Stoß mit dem Bauche – *semba* genannt –, woraufhin sich der solchermaßen Auserwählte in die Kreismitte begibt. Auch ich mußte innerhalb des Kreises tanzen und belustigte alle mit meiner Unbeholfenheit, insbesondere Ana Olímpia, die sich nicht zu uns gesellen konnte und das Fest von einer Hängemattensänfte aus mitverfolgte.

Zu vorgerückter Stunde traf ein kleiner Trupp Männer mit auf dem Rücken gefesselten Händen ein. Horácio befahl, sie loszubinden, und sie mischten sich unters Volk, sangen, tanzten, aßen und tranken, als sei ihnen ihr Schicksal einerlei oder aber als könnten sie es auf diese Weise vergessen. Erst im Morgengrauen trieb man sie wieder zusammen und brachte sie alsdann an Bord. Der Kapitän der »Nação Crioula«, ein finsterer Mann mit wasserblauen Augen und einem dichten, rotblonden Bart – wie ich später erfuhr, aus Ílhavo gebürtig – sagte mir, auf die Gefangenen deutend: »Von denen ist jeder ein Hektar guten Landes wert, wie ich es mir im Süden von Brasilien kaufe. Jetzt, da es vorbei ist mit dem Sklavenhandel, bringen dreißig Stück soviel ein wie vor zwanzig Jahren dreihundert.«

Horácio Benvindo sah ihn haßerfüllt an:

»Vielleicht knüpfen sie ihn vorher auf«, murmelte er. »Vielleicht schnappen ihn die Engländer und knüpfen ihn auf.«

Der Kapitän erwiderte seinen Blick:

»Es wäre an der Zeit, seit zwanzig Jahren warte ich auf diesen Tag.«

Da erschien unerwartet Lívia mit einer Platte voll gebratener Heuschrecken. »Probieren Sie«, sagte sie an den Kapitän und mich gewandt, »sie sind köstlich.« Das waren sie in der Tat, sie schmeckten leicht nach Haselnuß und hatten die Konsistenz kleiner Krabben. Der Kapitän erzählte, nach einem schweren Unwetter sei sein Schiff einmal eine Woche lang mitten am Äquator in jener trostlosen und heißen Region, die bei den Seeleuten »die Falle« heißt, auf einem Meer wie Öl getrieben, spiegelglatt, ohne daß ein Windhauch die Segel gebläht hätte. Sie hatten ihre gesamten Vorräte eingebüßt, und die Matrosen sprachen bereits davon, einige Sklaven zu töten, als sich mit einem Male der Himmel verdunkelte und eine riesige Heuschreckenwolke über dem Wasser niederging. »In den folgenden drei Wochen lebten wir ausschließlich von Heuschrecken, gebraten, gekocht, fritiert, gedünstet, und haben nicht nur keinen einzigen Sklaven verloren, sondern allesamt wohlgenährt und in glänzender Verfassung ans Ziel gebracht, wo alle zu einem guten Preis verkauft wurden.«

Ist Ihnen die angolanische Küche etwa zuwider? Dann bedenken Sie, daß der römische Adel Heuschrecken, sorgsam in Honig gebraten, besonders schätzte. Die alten Römer frönten geradezu der Entomophagie. So fehlten zum Beispiel auf den Tischen der Reichen nie Skarabäus-Larven, in Wein mariniert und gegrillt. Bereits im antiken Griechenland verabreichte man bei besonders hartnäckigem Fieber einen Absud aus Wanzen, ja, selbst heute noch bedient man sich in einigen Ländern Mitteleuropas zum gleichen Zweck eines aus der gemeinen Küchenschabe gebrauten Tees. Und in meinem Lande, in meinem Lissabon, ißt man in den Tavernen kleine, in Salzwasser und Oregano gekochte Schnecken, ein Leckerbissen, der sich beim Volke größter Beliebtheit erfreut.

Das letzte Bild, das ich von Angola in Erinnerung habe und nunmehr deutlich vor mir sehe, ist der Anblick Horácio Benvindos auf seinem Kamel, gefolgt von einer lärmenden Menge, und alle diese Menschen im phantastischen Widerschein der vielen Feuer, die man am Strande entzündet hatte. Von Deck aus sahen wir Feuer und Sterne miteinander verschmelzen. »Als Kind habe ich oftmals miterlebt, wie Sklaven verschifft wurden, und habe mich immer gefragt, was wohl in ihnen vorgehen mochte«, sagte Ana Olímpia. »Jetzt weiß ich es.«

Die Sklaven sangen in den Frachträumen. Der Kommandant hatte eine Voliere mit Hühnern, Fasanen und kleinen Singvögeln auf das Oberdeck stellen lassen, und so vermischten sich die Stimmen der Natur mit dem traurigen Klagegesang der Neger, was mich seltsam berührte. Das Schiff stach in See und ließ einen schmalen Lichtstreif zurück, die sogenannte *ardenthya maritima*, von der die Seeleute glauben, es seien die Seelen der Ertrunkenen, die ihren Weg zum Himmel suchten. Man hatte mir eine winzige Kajüte zugeteilt, zusammen mit Arcénio de Carpo und dem Kommandanten, der die seine, sehr viel geräumiger und komfortabler, Ana Olímpia überlassen hatte. Gleich in der ersten Nacht wurde mir klar, daß man dort unmöglich Schlaf finden konnte, denn selbst mit geöffneter Luke war die Hitze dergestalt, daß man kaum atmen konnte. So tat ich es den Matrosen gleich, allesamt Brasilianer, allesamt Neger oder Mestizen, spannte meine Hängematte auf dem Oberdeck auf und schlief unter den Sternen.

Gegen Ende des zweiten Tages bat ich den Kommandanten, die Sklaven an Deck kommen zu lassen, in Gruppen von je fünf Personen, damit sie etwas in der Sonne sein und sich bewegen konnten, was er auch genehmigte. Ana Olímpia konnte ihre Sprache weitgehend verstehen, dem schönen und wohlklingenden Idiom der Kongos verwandt (das fast gänzlich aus Vokalen zu bestehen scheint), zudem radebrechten etliche der Männer bereits ein wenig Portugiesisch. Es waren ihrer dreißig: Die meisten hatten ihre Freiheit wegen kleiner Delikte wie Diebstahl oder Ehebruch eingebüßt, die übrigen aufgrund mysteriöser Machenschaften, Ausübung von Hexerei oder noch absurderen Anschuldigungen.

Einem dieser Männer, den wir Graf von Cagliostro nannten, oder einfach nur den Grafen – ein hochgewachsener, kräftiger Mann mit strengem Gesicht –, war es gelungen, einen Fetisch mitzunehmen, eine aus Rotholz geschnitzte Puppe. Er bediente sich ihrer, wann immer er eine Entscheidung fällen oder wissen wollte, wie es um die Seinen stand. Dann huldigte er dem kleinen Idol, lobte dessen Schönheit und Gaben, zählte alle Wunder auf, die es vollbringen konnte, um es sodann zu befragen. Nach jeder Frage hob er den Fetisch an sein Ohr und verharrte still, während die Puppe ihm bei seinen intimsten Sorgen Rede und Antwort stand oder ihm Wort für Wort von der neuesten *maka* (Streitigkeit) unter den Ältesten seines Dorfes berichtete. Ein Sklave wollte wissen, wie es seiner Mutter ginge, die er krank zurückgelassen hatte, und seiner Frau, an deren Treue er zweifelte. All diese Fragen beantwortete der Fetisch bereitwillig und stets durch Vermittlung des Grafen. Eines Nachmittags wollte auch Arcénio de Carpo von ihm wissen, allerdings nur zum Scherz, wie es um seine Frau Mutter, Joana Benvindo, stünde, die er tief bekümmert in Luanda zurückgelassen hatte. Der Graf ließ sich nicht irre machen. Gab die Frage an den Fetisch weiter, das immer gleiche, komplizierte Zeremoniell befolgend, um sodann einen Augenblick abwartend zu verharren. »Die Alte trinkt deinen Tod«, sagte er. »Die Alte ißt deinen Tod.« Mit diesen Worten wollte er sagen, daß Joana Benvindo, in der Annahme, ihr Sohn sei tot, dessen *comba-ri-toquê* zelebrierte, eine Zeremonie, mit der die Lebenden eines Verstorbenen gedenken und zu dessen Ehren sie essen und trinken. Arcénio de Carpo mißfiel diese Offenbarung: »Geschwätz!« knurrte er, »der wirkliche Graf von Cagliostro verstünde sich besser auf dergleichen.«

Wollen die Neger ihren Fetisch um etwas bitten, hämmern sie einen Nagel in sein Holz. Wird die Bitte erhört, entfernt man den Nagel, streichelt die Statue und opfert ihr Branntwein. Wird die Bitte jedoch nicht erhört, bleibt der Nagel zur Strafe an Ort und Stelle, bis ihn der Rost frißt, um das kleine Idol an seine Unfähigkeit zu gemahnen. Der Kapitän erinnerte in diesem Zusammenhang daran, daß die Abbilder unserer zahllosen katholischen Heiligen in Brasilien ebenfalls häufig wie Menschen behandelt werden. Er erzählte, eines Nachmittags, als er bei einem angesehenen Gutsherren auf dessen Plantage weilte, habe er selbigen heftig die menschengroße Statue des heiligen Antonius auspeitschen sehen, den er für die Flucht seines besten Sklaven verantwortlich machte: »So paßt du auf mein Sklavenvolk auf?! Ich lehr dich Mores, du Nichtsnutz, du Gauner, du Negerfreund!« Der Kommandant behauptet, es gäbe gar spezielle Peitschen in verschiedenen Größen, mit denen man die widerspenstigsten Heiligen straft.

Was mich betrifft, so haben mich der Graf und sein erstaunlicher Fetisch stark beeindruckt. Wenn, wie man mir sagte, es möglich ist, die menschliche Stimme mittels eines einfachen Kupferdrahtes über eine große Entfernung weiterzuleiten, warum sollte da nicht auch eine Puppe Visionen haben und sprechen können?! Stellen Sie sich nur vor, geliebte Gönnerin, wir bedienten uns nunmehr sprechender Idole. Ich sehe Sie bereits in Ihrem Wintergarten, im kühlen Halbschatten Ihrer Rosenstöcke an einem dicken Fetisch hämmern und ihn wohlgemut nach unserem guten Bertrand fragen (wo mag er wohl stecken?), nach einem Tip für das Pferderennen oder einfach nur nach dem Wetter.

Auf dieser sonderbaren Reise hat mich ein weiteres Erlebnis tief beeindruckt, und ich kann nicht umhin, es Ihnen zu erzählen: Eines Abends begann einer der Matrosen, ein junger Mann, mit warmer Stimme zur Viola zu singen. Eine traurige Weise, in der ich zu meinem Staunen einige Verse von Castro Alves wiederzuerkennen meinte:

*Senhor Deus dos desgraçados!*
*Dizei-me vós, Senhor Deus*
*Se eu deliro ... ou se é verdade*
*Tanto horror perante os céus?! ...*
*Oh mar, per que não apagas*
*Com a esponja de tuas vagas*
*Do teu manto este borrão?*
*Astros! noites! tempestades!*
*Rolai das imensidades!*
*Varrei os mares, tufão!*

Gott, Vater der Unglückseligen,
Ist es denn wahr?
Kann so viel Jammer denn bestehn vor Deinem Antlitz?!
Erhebe Dich, Du wilder Ozean
Vertilg mit Deiner Urkraft diese Schmach
Sterne! Nächte! Stürme!
Kommt herbei aus der Unermeßlichkeit
Und feg rein die Meere, Du Taifun!

Es handelte sich tatsächlich um ›Das Sklavenschiff‹ des großen Bahianer Dichters.

*Meu Deus! Meu Deus!*
*Mas que bandeira é esta*
*Que impudente na gávea tripudia?*

Mein Gott! Mein Gott! Welch Fahne!
Flattert keck am höchsten Wipfel jenes Masts?

So sang der junge Matrose, während sanft das Mondlicht auf sein braunes Antlitz fiel.

*Musa . . . chora, e chora tanto*
*Que o pavilhão se lave no ten pranto! . . .*
*Auriverde pendão de minha terra*
*Que a brisa do Brasil beija e balança*
*Estandarte que a luz do sol encerra*
*Tu que, da liberdade após a guerra*
*Foste hasteado dos heróis na lança*
*Antes te houvessem roto na batalha*
*Que servires a um povo de mortalha!*

Weine, Muse . . . weine,
Auf daß Deine Tränen die Fahne waschen rein
Goldgrüne Fahne meines Vaterlandes
Umschmeichelt von Brasiliens zarten Brisen
Zeichen des Lichts, Fanal der Hoffnung
Symbol der Freiheit nach erkämpften Siegen
Warum bleibst nicht liegen auf dem Schlachtfeld
Du von Ruhm bedeckt
Als Leichentuch zu dienen diesem stolzen Volke!

Verwirrt und bewegt trat ich zu dem jungen Manne und wollte wissen, woher er jene Verse kannte. Er entgegnete: »Es ist nur ein Lied, Senhor.« Ich sagte ihm, es sei nicht irgendein Lied, diese Verse seien vielmehr von einem der größten Dichter Brasiliens verfaßt worden, aus

Protest gegen den Sklavenhandel. Der Matrose sah mich mißtrauisch an: »Es ist nur ein Lied«, beharrte er. »Von Politik versteh ich nichts.«

So wie wir vierundzwanzig Tage zuvor die afrikanische Küste verlassen hatten, liefen wir nun in die brasilianischen Gewässer ein: lautlos, unsichtbar und im Schutze der Dunkelheit einer mondlosen Nacht. Die Sklaven, die während dieser letzten Jahre zu Tausenden den Atlantik überquert hatten, zwanzig, dreißig Tage lang in vor Schmutz starrende Schiffsbäuche gepfercht, müssen denselben Strand betreten haben wie ich, doch geblendet, verwirrt und gewiß im Glauben, sie hätten eine einzige, nicht enden wollende Nacht auf dem Meere erlebt.

Eine zerbrechliche Feluke, eine Art Barkasse mit einem sehr hohen Lateinersegel, brachte uns zum Strand und glitt so leicht und ruhig über das laue Wasser dahin, als schwebte sie. Ich erkundigte mich nach dem Namen dieser Gegend: »Porto das Galinhas – ›Hühnerhafen‹«, erklärte mir der Kapitän. »Das Paradies auf Erden.« Immer wenn dort ein Schiff Sklaven entlud, machte unter den Gutsbesitzern im Hinterland die Parole die Runde: »Am Hafen gibt's Hühner«, und so kam dieser Platz zu seinem Namen. Die dreißig Männer, die mit der »Nação Crioula« gelandet waren, wurden in ein nahe gelegenes, zwischen hohen Palmen verborgenes Haus gebracht, wo man sie wusch und einkleidete. Noch im Morgengrauen, wie ich später erfuhr, zu einem guten Preis an verschiedene Fazendas im Süden des Landes verkauft, mußten sie unverzüglich den Fußmarsch dorthin antreten. Arcénio erlaubte nicht, daß ich bei diesem Geschäft zugegen war:

»Je weniger Eure Exzellenz erfahren, desto ruhiger ist Euer Gewissen.«

Wir setzten unsere Reise in die Stadt Pernambuco zu Pferde fort – an die hundert Kilometer in nördlicher Richtung. Ana Olímpia, erneut geistesabwesend, schweigsam, ja fast schlafwandlerisch, sprach nicht ein Wort während der gesamten Wegstrecke. Als es aber Abend wurde und in der Ferne die ersten Lichter der Stadt aufleuchteten, sah sie mich mit großen tränennassen Augen an: »Warum bist du mit mir gekommen?« Was sollte ich antworten?! Ich schwieg (sollte jemand eines Tages meine Biographie schreiben, hätte er hier nichts zu zitieren).

Arcénio de Carpo besitzt in der Stadt Olinda einen kleinen Kolonialpalast, den sein Vater vor einigen Jahren erstand, just als er sich zum ersten Male mit dem Gedanken trug, Angola zu verlassen. Und dort haben wir nun Quartier bezogen, erholen uns von den seelischen Erschütterungen und der Mühsal der letzten Monate und suchen unsere Lebensfäden wieder neu zu knüpfen. Während ich Ihnen schreibe, ist es bereits Nacht geworden. Ana Olímpia ergeht sich im Garten und singt ein unschuldiges Lied, das ich in Luanda unzählige Male aus dem Munde von *quissange*-Spielern und alten Marktfrauen gehört habe. Sie besitzt eine erstaunliche Stimme, dunkel und zugleich hell und warm, wie aus flüssigem Feuer. Es ist das erste Mal seit unserer Ankunft, daß ich sie singen höre.

Was tue ich hier?

Es grüßt Sie vielmals Ihr Schützling

Fradique

## Brief an Madame de Jouarre
## Olinda, Februar 1877

Geliebte Gönnerin!

Ich habe eine unheilvolle Nachricht für Sie: Ich bin gestorben! Schenke ich einem Brief Joana Benvindos Glauben, der gestern aus Luanda kam, sind wir alle tot – ich, Ana Olímpia und Arcénio de Carpo –, untergegangen mit einem Schiff, irgendwo zwischen Ambriz und Quissembo. Habe ich Ihnen berichtet, daß Arcénio in der Nacht unserer Flucht eines seiner Schiffe in der Absicht, mögliche Verfolger irrezuleiten, Richtung Cabinda hatte in See stechen lassen? Von einer portugiesischen Korvette bedrängt, war es bei dem Versuch, die Mannschaft an Land zu setzen, zu nahe an die Küste geraten und von den Wellen gegen eine steinige Klippe geworfen worden. Woraufhin Joana Benvindo beschloß, ihren Sohn zu beweinen, obschon sie ihn lebend wußte, und sie tat dies so reichlich und echt, mit Leichenschmaus und Leichentanz, daß zu guter Letzt gar sein von den Fischen halb zerfressener Leichnam angeschwemmt wurde, und man ihn auf dem Friedhof von Alto das Cruzes zu Grabe trug.

Der ›Comércio de Angola‹, im Besitz eines alten Weggefährten des Oberst, veröffentlichte die tragische Nachricht vom Tode eines seiner verdientesten Landeskinder, »wie der Vater Opfer eines vaterlandslosen Banditen, ohne Ehre und Anstand, der, so scheint es, in Angola auf Geheiß des Satans an Land gegangen war, mit dem Ziel, Ränke zu schmieden und Zwietracht, Trauer und Schrecken zu verbreiten«. Auch ich wurde in diesem Artikel bedacht: zwei Zeilen, gespickt mit Adjektiven, als noble Geste zu verstehen, obgleich sie aus dem Munde Pater Nicolaus von den Engeln zweifellos eine schwerwiegende Beleidigung wären: »Poet der Moderne«, »Prophet des Naturalismus«, »satanischer Dichter«, »rastloser Abenteurer« etc.

Eine weitere schlechte Nachricht: Jesuíno lebt! Im ›Comércio de Angola‹ stand zu lesen, der Bandit sei im Morgengrauen von zwei Polizisten bewußtlos und stark blutend aufgefunden worden, der untersuchende Arzt aber habe festgestellt, die Kugel habe kein lebenswichtiges Organ getroffen. Zwei Wochen später zeigte sich Jesuíno bereits wieder in der Stadt, rühmte sich seines Schicksals und machte sich über das unsere lustig. Das Wunder dieser Auferstehung wurde von Arcénio, entgegen meinen Erwartungen, ohne großes Mißfallen zur Kenntnis genommen: »Um so besser«, meinte er, »dann töte ich ihn eben noch einmal.« Ginge es nach ihm, er würde Jesuíno unzählige Male umbringen, ihn immer wieder zum Leben erwecken, um ihn erneut töten zu können: erschießen, erstechen, erschlagen, mit Stock oder Faust, pfählen, mit Kurare vergiften, erdrosseln, aufknüpfen, auf dem Scheiterhaufen verbrennen, in der Sonnenglut an einen Affenbrotbaum nageln, von einem Fels stürzen, ertränken, zur

Ader lassen, in einem Gipsbad zerquetschen, guillotinieren, kurzum, den Bösewicht auf all jene phantasievollen und grausamen Arten töten, derer sich die Menschen bedient haben, seit es sie auf der Welt gibt.

Eine gute Nachricht aber ist, daß ich neben Ihrem Briefe auch die zwanzigtausend Francs (zusammen mit dem Tadel des getreuen Smith) erhalten habe und jetzt etwas ruhiger Pläne für die nahe Zukunft schmieden kann. Unterdessen begnüge ich mich damit, durch Olinda und Pernambuco zu spazieren, Städte, die so nahe beieinanderliegen, daß erstere mehr oder minder ein Vorort der letzteren ist. Pernambuco erstreckt sich über zwei Inseln, die durch die Flüsse Capibaribe, Beberibe und Pina vom Festland getrennt sind. Über den Straßen liegt der gleiche melancholische Geruch, der mich in Luanda so überraschte, ein Geruch, der benommen macht, sich von den Menschen auf die Häuser überträgt und den Eindruck erweckt, als sei die gesamte Bevölkerung bereits tot und die Stadt in Trümmern. Dessenungeachtet gibt es hier prächtige Viertel. Die Reichen sind haßerregend reich, und das große Elend, in dem das Volk lebt, macht sie noch reicher und hassenswerter. In Santo António verbergen sich hinter den Mauern der Paläste üppige Gärten, in denen man des Abends romantische Bälle abhält, während die Neger erschöpft in ihren Strohhütten schlafen.

Ich war mit Ana Olímpia auf einem solchen Balle zugegen, im Hause meines Jugendfreundes und Landsmannes Alexandre Gomes, der in dieser Stadt eine Zigarrenfabrik besitzt. Seine Ehefrau Isabel, die einzige Tochter des Barons von Itaparica, lebte einige Zeit in Lissabon und rühmt sich, an einem Abend in der Oper für einen kurzen Augenblick das melancholische Profil António Feliciano de Castilhos erblickt zu haben. Trotz dieser hartnäckigen Verehrung für den Dichter der ›Nacht im Schloß‹ ist Isabel eine glückliche und intelligente Frau, mit einem gefährlichen Sinn für Humor und einem nicht weniger scharfen Verstand. Wir tanzten eine heitere Mazurka, als ich unversehens aufsah und, die ungewöhnliche Blässe des Pianisten gewahrend, dachte, den Ärmsten habe der Herzschlag ereilt. »Ist er tot?« fragte ich Isabel. Sie lachte: »Seit nunmehr beinahe fünf Jahren.«

Der Pianist war aus Paris nach Brasilien gekommen, zusammen mit seiner Ehefrau Chantal, einer jungen Tänzerin, deren blonde und unbesonnene Schönheit die Pernambucaner noch heute in zwei feindliche Fraktionen teilt: die der holden Weiblichkeit und die des derben Geschlechts, dem ich angehöre. Nach einigen Monaten hatte Chantal bereits einen Hofstaat lärmender Verehrer um sich geschart, darunter einen noch jungen Arzt, der von seinem Studienaufenthalt in Paris, wo er müßig von Bistro zu Bistro und von Cabaret zu Cabaret gezogen war, jene unheilbare Geisteskrankheit mitgebracht hatte, die man Skepsis zu nennen pflegt. Es dauerte nicht lange und die gesamte Stadt verfolgte mit warmer Anteilnahme Seufzer um Seufzer, Kuß um Kuß, die verbotene Romanze, und der betrogene Ehemann erhielt die ersten anonymen Hinweise. Eines Abends, als Chantal, mit Gold und Flitter behängt, das Haus verlassen wollte, packte sie der Pianist beim Arm, schleuderte sie gegen die Wand und tötete sie mit zwei Schüssen in die Brust.

Vor Gericht sprach ihn der Richter nach Recht und Gesetz frei, und der Pianist kehrte im Triumph, wenn auch für immer leichenblaß, auf die Bälle der pernambucanischen Aristokratie zurück. »Alle wollen sie ihn haben«, erklärte Isabel, »inzwischen ist er eine Art Sehenswürdigkeit, eine Mode; ein Fest ohne ihn ist kein Erfolg.« Ich sah ihn erneut an: starr die Gestalt, zerzaust und tiefschwarz das Haar, blutleer das Gesicht. »Er sieht aus wie ein Vampir«, sagte ich. Darauf Isabel: »Er ist ein Vampir! Ein Vampir unter Vampiren!« Und sie zeigte mir einen hochgewachsenen, braunhäutigen Mann, der am anderen Ende des Salons angeregt mit einer Gruppe junger Männer parlierte. »Das ist der Arzt. Als Chantal starb, war er tief bekümmert. So sehr, daß er heimlich ihre sterblichen Überreste ausgraben ließ, was sich schnell herumsprach und alle rührte.«

Möchten Sie wissen, was der unglückliche Liebhaber anschließend tat? Er ließ das Skelett säubern, zusammenfügen, zusammenschrauben und bewahrt es seither in einem Schrank auf. Wann immer er heute in abendlicher Runde bei lebhafter philosophischer Spekulation seinen Freunden die Nichtigkeit der *conditio humana* vor Augen führen will, öffnet er den Schrank, holt Chantal hervor (oder vielmehr das, was von ihr geblieben ist) und sagt: »Das hat der Tod aus einer wunderschönen Frau gemacht.«

Ich verließ den Ball, Ana Olímpia förmlich mit mir reißend, während die Vampire im Salon eine wilde Mazurka tanzten. Sie fragte erschrocken: »Was ist geschehen?« Ich beruhigte sie: »Nichts. Ich kann mich nun einmal nicht an diese Welt gewöhnen.« Meine Freundin lächelte: »Dann laß uns weit weg von hier gehen.« Just in diesem Augenblick erinnerte ich mich Alexandres, der mich vor kurzem eingeladen hatte, mit ihm eine Fazenda in São Francisco do Conde zu besuchen, einer kleinen Stadt im Recôncavo, dem Hinterland von Bahia, an die zweihundert Kilometer von Salvador entfernt. Alexandre trägt sich mit dem Gedanken, besagtes Landgut zu erwerben, glaubt aber, die Reise könne auch mir von Nutzen sein, denn sie sei, wie er sagt, »eine gute Gelegenheit, das wahre Brasilien zu erleben, das unverfälschte, das brasilianische Brasilien, und nicht das, was man hier für Brasilien hält, das sich seiner Eigenheit schämt und um jeden Preis europäisch werden will.«

Zum ersten Male ist mir der Gedanke gekommen, daß ich mich an einem solchen Ort niederlassen könnte, weitab vom Trubel der Welt, zusehen, wie die Erde Früchte hervorbringt, in der Abenddämmerung dem Gesang der Neger um die Holzfeuer lauschen, jagen und fischen, das frische Wasser der Bäche trinken, mich von schwarzen Bohnen mit Trockenfleisch ernähren, von Tapioka, Mangos und Bananen aus meinem Garten. Und so habe ich Alexandres Einladung Folge geleistet und reise morgen nach Salvador. Schreiben Sie mir unterdessen, berichten Sie aus der schlechten Pariser Welt, vom Widerhall der Kriege, von Gerede und Gerüchten. Nicht zu vergessen die Intrigen bei Hofe, auch die schändlichsten nicht, die literarischen Polemiken, die Wortgefechte der Politiker und die neuesten sensationellen Verbrechen. Und berichten Sie mir auch, was aus meinen Freunden geworden ist, den vom Leben Besiegten, die ich an den tristen Tischen des Café de la Paix zurückgelassen habe.

Der Ihre

Fradique

## Brief an Ana Olímpia
## Zuckerrohrplantage Cajaíba, März 1877

Geliebte!

Man erzählt, daß der Präfekt von Lyon, als Napoleon 1815 die Insel Elba verließ und in Begleitung einer Handvoll Getreuer in Cannes an Land ging, folgende Botschaften nach Paris sandte:

– Das korsische Ungeheuer ist aus seinem Käfig entwichen, dennoch besteht kein Anlaß zur Sorge. Sein Ende ist vorgezeichnet.
– Der Usurpator ist im Anmarsch auf Grenoble, doch ist das Volk nicht auf seiner Seite, das Land verweigert ihm die Anerkennung. In Kürze wird er der gerechten Strafe zugeführt.
– General Bonaparte ist in Grenoble einmarschiert. Die Bevölkerung flieht. Ein Bataillon Soldaten rückt auf die Stadt vor und wird den Tyrannen bald in die Flucht schlagen.
– Napoleon marschiert auf unsere Stadt zu. Wir werden Widerstand leisten bis zum Tode.

– Der Kaiser ist unter dem lebhaften Beifall des Volkes in Lyon eingezogen. Gott segne die Restauration des Kaiserreiches, von ihm hängt alles Glück Frankreichs ab!

Da ich Dir versprach, alles zu berichten (jeden Schritt, jeden Gedanken, jedes gesprochene Wort), habe ich am Montag begonnen aufzuschreiben, was mir widerfahren ist, seit wir uns in Pernambuco am Kai De Remos trennten. Als ich meine Notizen heute noch einmal durchlas, erinnerte ich mich des Präfekten von Lyon.

Montag: »Diese Landschaft ist noch unberührt. Alles ist wie am ersten Tag. Ich habe eine der Inseln nach Dir benannt. Vielleicht war hier das Paradies, und gewiß ruht Gott sich zwischen ebendiesen Wäldern von jenem maßlosen Unglück aus, das die Erschaffung des Menschen bedeutete.«

Dienstag: »Ich bin in aller Frühe aufgewacht, habe eine Tasse bitteren Kaffees zu mir genommen und bin schwimmen gegangen. Nachmittags bin ich alleine durch das Städtchen spaziert und habe mir vorgestellt, ich täte es mit Dir, Arm in Arm, während die Sonne Berge und Häuser in Brand setzte. Ich könnte hier leben, mit Dir, bis ans Ende aller Zeiten.«

Mittwoch: »Ein Nachmittag gleicht dem anderen. Das Städtchen liegt da wie in Kupfer gestochen. Heute habe ich den Monte do Recôncavo bestiegen und mir von oben die Bucht Bahias besehen, die Allerheiligenbucht mit ihren schlafenden Inseln, ihren somnambulen Vögeln und diesem staunenswerten Wasser, das sich nie bewegt. Die Ewigkeit ist keineswegs die unerschöpfliche Summe der Jahrhunderte. Im Gegenteil, sie ist zweifellos diese

Zeitlosigkeit. Diese absolute Stille (die mir bisweilen wie eine Dürre erscheint!).«

Donnerstag: »Ich kenne bereits alle Sklaven (und es sind ihrer einhundertundfünfzig) beim Namen. Ernesto, der Oberaufseher, ist hier auf der Pflanzung, auf Cajaíba, geboren. Er kennt die Geschichte der ganzen Region, seit die Portugiesen 1561 hier landeten, und hört man ihn reden, könnte man meinen, er selbst sei mit den ersten Karavellen gekommen, habe mit den Indianern getanzt und gezecht, Zuckerrohrpflanzungen angelegt, Kirche und Kloster erbaut.«

Freitag: »Ich habe mir die Obstbäume angesehen. Ernesto versicherte mir, daß die reifen Apfelsinen, sofern man sie nicht pflückt, wieder grün würden, sich ein weiteres Jahr hielten und sogar besser schmeckten. Dieses Wunder scheint mir der endgültige Beweis, daß der Garten Eden in dieser Gegend lag, was auch die anderen Spuren ewigen Lebens erklären könnte, die zwischen den Gewässern und Bäumen gedeihen: der Schlaf, die Stille, das schlummernde Meer. So viel Ewigkeit kann wahrlich zuviel des Guten sein. (Alexandre hat beschlossen, die Fazenda nicht zu kaufen, soll ich es tun?)«

Samstag: »Ich habe vom geschäftigen Treiben der Menge in den Straßen von Paris geträumt. In dieser Landschaft fehlt es an Menschenseelen. Ich fürchte, lassen wir uns hier nieder, sterben wir rasch vor Langeweile oder, schlimmer noch, fühlen uns vor lauter Überdruß bald lebendig begraben. Es ist eindeutig besser, die Fazenda nicht zu erwerben.«

Ja, so hatte ich es schwarz auf weiß geschrieben. Und am heutigen Montag habe ich die Fazenda gekauft. Für uns, in der Hoffnung, daß sie uns als Zufluchtsort dienen möge, solange uns kein besseres Los zuteil wird. Habe ich recht daran getan?

Ich liebe Dich

Fradique

## Brief an Eça de Queiroz
## Zuckerrohrplantage Cajaíba, März 1877

Mein lieber José Maria,

möchten Sie wissen, was Ihr trefflicher Freund während der letzten Monate getrieben hat? Sie werden es nicht glauben: Ich habe ein Landgut gekauft! Zwanzigtausend Hektar guten Bodens im Recôncavo von Bahia, an die zweihundert Kilometer von São Salvador entfernt, mit einhundertfünfzig Sklaven, einem prächtigen Herrenhaus, *sanzala* (oder *senzala*, wie sie hier die Hütten der Negersklaven nennen), einer Krankenstation, einem gepflasterten Hof, zwei Dampfmaschinen, einer Turbine, einer Maschine zum Maismahlen und einer zur Fermentierung von Maniok, ferner Kessel und Zuckerpressen, Destillierapparate, Fässer und weitere Gerätschaften zur Herstellung von Zucker. Und diese Fazenda, die nun mein ist, heißt Cajaíba, wie die Insel, auf der sie liegt, in der Mündung des Rio Seriji, unmittelbar gegenüber dem alten Städtchen São Francisco do Conde. Vormaliger Eigentümer war Feldmarschall Alexandre Gomes de Argolo Ferrão, Baron von Cajaíba. Das Gutshaus, ein schönes und weitläufiges Gebäude, mit Blick aufs Meer und von hohen Königspalmen umstanden, wurde vor annähernd vierzig Jahren auf den Ruinen eines älteren Herrenhauses errichtet. Die Menschen hier glauben, der Geist eines berüchtigten Sklavenhändlers habe dort sein Unwesen getrieben.

So bin ich nun einer jener Gutsherren geworden, die in diesem unermeßlichen Hinterland zwischen Salvador und Pernambuco seit Jahrhunderten die einzige Obrigkeit darstellen, und dies um so uneingeschränkter und furchtgebietender, als hier mit Sicherheit niemand weiß, wer Kaiser Dom Pedro II. ist, ja nicht einmal sein Bildnis kennt. Für das einfache Sklavenvolk sind die mächtigen Gutsbesitzer die denkbar gottähnlichsten Gestalten. Sie begegnen ihnen durchweg mit einer Art schreckerfüllter Ehrfurcht (von ihren Herren Respekt genannt) und einer Ergebenheit, die sich – näher besehen – als eine seltsame Mischung aus Haß und Ohnmacht erweist.

Die über Jahre währenden Sklavenaufstände in Haiti und Jamaica, die das Leben der französischen und englischen Siedler zu einem blutigen Alptraum gestalteten, gab es in dieser Form in Brasilien nie. Es gab Revolten, gewiß, aber auf gut portugiesische Art: hin und wieder Scharmützel – an die zwanzig hier in Bahia während unseres Jahrhunderts –, die gelegentlich zur Ermordung eines Gutsbesitzers führten und rasch niedergeschlagen wurden. Fast immer standen an ihrer Spitze ehemalige Nagô-Krieger, Mohammedaner, die infolge eines religiösen Konfliktes, der das Yoruba-Reich über Jahre erschütterte, in die Sklaverei geraten waren. Doch warum scheiterten diese gläubigen und kämpferischen Männer stets, standen ihnen doch Gott, die Feldherrenkunst und darüber hinaus die Verzweiflung zur Seite, die in diesen Fällen bekanntlich der stärkste Verbündete ist?

Liest man die Akten der Prozesse, die nach dem letzten Aufstand 1835 stattfanden, wird ersichtlich, weshalb: Die Afrikaner sahen sich nicht nur mit der Stärke der Weißen konfrontiert, sondern, schlimmer noch, mit dem Mißtrauen der bereits hier geborenen Neger, der Kreolen, für die Brasilien die eigentliche Heimat war und das Leben in Sklaverei die einzige Daseinsform, die sie kannten.

Auf Cajaíba lebt ein alter, von jedermann geachteter Haussa, der am Aufstand von 1835 teilnahm. Cornélio – diesen Namen hat man ihm gegeben – behauptet, der einzige Überlebende einer Ladung von zweihundert Sklaven zu sein, die 1828 von der Küste Nigerias hierher verschleppt wurden. Er erzählte, daß zwei Tage nach der Einschiffung sämtliche Sklaven an einer rätselhaften, furchtbaren Krankheit zu sterben begannen, einer Art Lepra mit fulminantem Verlauf.

Innerhalb weniger Stunden war der Körper nur mehr eine einzige Schwäre, die Glieder verfaulten und die Betroffenen verloren den Verstand. Zunächst wurden die Leichen noch von den Matrosen aus den Frachträumen entfernt, dann aber steckte sich einer von ihnen an, und man mußte den verzweifelt Schreienden ins Meer werfen, woraufhin sich die anderen weigerten, die Frachträume fürderhin zu betreten. Cornélio sah, wie eine junge Frau ihr eigenes Kind mit den Zähnen zerfleischte und sodann von den anderen Sklaven getötet wurde; er sah Männer ohne Gesicht, Gespenstern gleich, Leichen verzehren; sah

Ratten. (»Die Ratten«, sagte er, »waren riesengroß, fast Menschen, sie sprachen mit mir.«) Er hatte die Hölle mit ihren Dämonen geschaut. Und als er all dem entronnen war (er erinnert sich nicht, wie) und begriff, daß er überlebt hatte, war er überzeugt, gegen den Tod gefeit zu sein. Dieser Glaube machte ihn zu einem höchst gefährlichen Menschen. Er nahm an sämtlichen Aufständen in Salvador teil, wurde ausgepeitscht und gegeißelt, gefoltert, stand in einer überfluteten Zelle im Halseisen und hing kopfüber und nackt in der sengenden Sonne des Sertão. Er hat alles überlebt, bis er dann hochbetagt hierher auf diese Pflanzung kam, wo jedermann ihn achtet und liebt.

Cornélio nahm, wie ich Ihnen bereits sagte, am Aufstand von 1835 teil. Er erzählte mir, die Aufständischen hätten im Falle eines Sieges vorgehabt, alle katholischen Heiligenbildnisse auf dem Kirchplatz zu verbrennen. Die Weißen sollten einen Kopf kürzer gemacht, die Mestizen und Kreolen versklavt und nach Afrika gebracht werden. »Die Mulatten und die schwarzen Kreolen«, sagte er, »haben uns immer verraten. Aber töten wollten wir sie nicht, denn in ihren Adern fließt unser Blut. Auch damals haben sie uns verraten. Hätte es einen weiteren Aufstand gegeben, wäre nicht einer von ihnen am Leben geblieben!«

Nach 1835 wurden in Brasilien nie mehr Haussas verkauft, das mag zumindest teilweise erklären, warum es zu keinen weiteren Aufständen kam. Die Sklaven, die während der letzten Jahre nach Pernambuco und São Salvador gelangten – fast alle aus Angola, Mosambik, Gabun und dem Kongo –, sind in der Mehrzahl Bauern, die sich kaum auf die Kunst der Kriegsführung verstehen und auch keine Kriege führen wollen. Die Angolaner, als gute

Arbeiter geschätzt, werden hoch gehandelt. Anders die mosambikanischen Neger, die man hier – und ich bediene mich der Worte Alexandres – für »eine armselige und häßliche Rasse« hält, »schwächlich, träge und zur Schwermut neigend«, was zur Folge hat, daß ihr Preis unter dem aller anderen Völker liegt.

Die Menschen aus Gabun leiden ebenfalls unter Heimweh. Viele bringen sich um, indem sie die Nahrung verweigern oder aber große Mengen Erde essen. Bis vor kurzem wurden diesen »Erdessern« zur Strafe für mehrere Tage groteske Eisenmasken vors Gesicht geschnallt. Durch die Hitze klebten die Masken fest und verursachten furchtbare Entstellungen. Inzwischen hat man von dieser Gepflogenheit Abstand genommen, doch nicht etwa, weil sich die Plantagenbesitzer jetzt humaner gäben, sondern weil die Sklaven mit dem Ende des Sklavenhandels zu einer kostbaren und somit schützenswerten Ware geworden sind.

Die wunderschönen Frauen der Goldküste, die mir mit ihren farbenprächtigen Tüchern, ihren Armbändern aus Glasperlen und hohen Turbanen aus Musseline immer schon sehr viel eleganter vorgekommen sind als ihre Herrinnen, werden in den Straßen von Pernambuco und Salvador wie Königinnen gefeiert. Die Männer derselben Nation, von athletischer Statur, hoheitsvollem Auftreten und einem angeborenen Stolz, der die Europäer inkommodiert, verdingen sich vor allem mit dem Transport von Klavieren.

Der Beruf des Trägers ist im übrigen der meistverbreitete unter den sogenannten Lohnsklaven. Sie sind diejenigen, die Stühle, Waren und Bausteine tragen. Kurzum, von Nord bis Süd – oder wie man hier sagt, vom Oiapoque bis zum Chui – tragen die Neger Brasilien auf ihren Schultern. Ohne sie bewegt sich nichts in den Städten, geschieht nichts, wird nichts gebaut, und auf dem Lande wird ohne ihre Arbeitskraft nichts gepflanzt. So habe ich auch einen jungen Herren die Straße überqueren sehen, um auf dem gegenüberliegenden Markt einzukaufen, von wo er sehr aufrechten, würdevollen Gangs zurückkam, gefolgt von einem hünenhaften Neger mit seinem Einkaufskorb auf dem Haupt, und darin ... ein Kohlkopf!

Viele Lohnsklaven sind nach zwanzig oder fünfundzwanzig Jahren in der Lage, sich ihren Freibrief zu kaufen. Anschließend verdingen sie sich noch einmal über einen ebenso langen Zeitraum Tag und Nacht als Träger, bis sie sich endlich selbst einen Sklaven leisten können. Die Kaffeeträger, deren kräftezehrende Arbeit einen guten Gewinn einbringt, vermögen sich im allgemeinen nach nur zehn Jahren freizukaufen. Die meisten jedoch sterben zuvor, und das Geld, das sie in der Zwischenzeit erwirtschaftet haben, wandert geradewegs in die Taschen ihrer Besitzer.

Meine Fazenda liegt in der Nähe von São Francisco da Barra do Sergipe do Conde, ein übertrieben langer Name für eine solch kleine Stadt; 1561 von portugiesischen Glücksrittern auf der Suche nach Gold gegründet, ist sie heute kaum mehr als ein verschlafenes Fischernest. Nach und nach habe ich den tröstlich intimen Charakter dieses Ortes entdeckt, in dem ein Fest Grund für das nächste ist und Fremde überall mit offenen Armen empfangen werden. Vormittags bewirtet man seinen Besuch für gewöhnlich mit einem Glas Likör, im allgemeinen selbst zubereitet und immer vorzüglich, doch auch mit Zuckerrohrschnaps oder einem indianischen Erfrischungsgetränk, dem *guaraná*, dem die Brasilianer verschiedenste stärkende Eigenschaften zuschreiben. Nachmittags serviert man den Likör zusammen mit kleinen Kuchen und Kaffee. Unglücklicherweise fehlt bei diesen Besuchen so gut wie nie das Klavier – ich habe ihrer mehr als fünfzig gezählt! Sonntagabends wimmert es allerorten vor falschen Akkorden, und selbst in den finstersten Gassen läuten fortgesetzt ›Die Klosterglocken‹.

Was die Feste angeht, so habe ich eine kuriose Karnevalsaufführung miterlebt, hier *cucumbi* genannt und in Pernambuco *congada*, die Jahr für Jahr eine stattliche Zahl federngeschmückter Neger singend und tanzend in die Straßen zieht. Die Karnevalsgruppen – die den kongolesischen Königshof darstellen, mit König und Königin, Prinzen und Prinzessinnen, den Ältesten, der Zunge (Dolmetscher), dem Fetischpriester, Possenreißern und Wahrsagern – singen auf portugiesisch und in einer Sprache, die ursprünglich wohl eine afrikanische war, sie schlagen dazu auf Metallglocken, *chocalhos* und *agôgôs* genannt, auf *adufo*-Trommeln und Tamburinen und spielen Marimbas und *quissanges*, letztere hier unter dem Namen Kalebassen-Klaviere bekannt. Männer und Frauen tragen prächtige, lange Federn um Knie, Arme, Handgelenke und Taille, kostbare Stirnbänder aus roten Perlen, mit Litzen und Bändern verzierte Stiefel aus Korduanleder, gestrickte hautfarbene Hemden und Hosen und Ketten aus Korallen und Zähnen. Der König ist für gewöhnlich mit einem prachtvollen Umhang aus feinster Baumwolle gekleidet, trägt ein Zepter und eine vergoldete Krone.

Auf dem *cucumbi*-Umzug, den ich miterlebte, war der Monarch ein kleiner, hilflos wirkender Mensch, mit einem Schädel glatt wie ein Ei, eine Erscheinung, die in nichts zu der rauhen, kraftvollen Stimme paßte, mit der er singend die Gruppe anführte:

*Sou Rei do Congo e quero brincar*
*Cheguei agora de Portugal*

Ich bin der Kongo-König und will lustig sein
Komm grad aus Portugal und bin jetzt da.

Darauf sein Hofstaat im Refrain:

*ê . . . ê . . . sembangalá*
*Cheguei agora de Portugal*

ê . . . ê . . . sembangalá
Komm grad aus Portugal und bin jetzt da.

Dann wechselte die Musik den Rhythmus und der König die Nationalität:

*Viva o nosso Rei Preto de Benguela*
*que casou a Princesa*
*com o Infante de Castela*

*Bem bom bem bom*
*furumaná furumaná*
*Catulê cala montuê*
*condembá*

Hoch lebe unser schwarzer König von Benguela
Der zum Weibe gab die Prinzessin
Dem Infanten von Castela.

Bem bom bem bom
Furumaná furumaná
Catulê cala montuê
Condembá.

Diese Umzüge, an denen Hunderte, wenn nicht gar Tausende ausgelassen lärmender Menschen teilnehmen, finden für gewöhnlich nahe einer Kirche für Neger statt. Der *cucumbi* handelt vom Tode des jüngsten Sohnes der Königin; in ihrer Verzweiflung ruft diese den Fetischpriester und befiehlt ihm, sich seines Wissens zu bedienen und ihren Sohn wieder zum Leben zu erwecken. Der *quimbanda* oder Medizinmann, seinem Amte entsprechend mit eisernen Ketten und Schlangen behängt, umtanzt das Kind, entnimmt dabei hin und wieder einer Umhängetasche Wurzeln, Harze, Viperzähne und andere magische Gegenstände, die er dem Kinde zuwirft, bis dieses endlich aufspringt und sich seinem Tanze anschließt, während ringsum das Volk in Jubel und Gesang ausbricht. Mich hat dies alles an die weithin beliebten Krippenspiele in den Dörfern unseres Landes erinnert, die Geburt, Tod und Auferstehung Jesu Christi darstellen.

Apropos Tod und Auferstehung, Sie können sich gewiß vorstellen, wie sehr es mich amüsierte, daß auch portugiesische und französische Zeitungen von meinem tragischen Dahinscheiden berichtet haben. Es ist wahrlich nicht jedem Menschen vergönnt, seinen eigenen

Nachruf lesen zu können, insbesondere wenn dies im Paradiese geschieht (ich meine damit nicht jenen kalten Seelenaufbewahrungsort, von dem die neuen Theologen sprechen, sondern vielmehr das echte, das klassische Paradies, mit hochgewachsenen Palmen und einem indigoblauen Meer, mit Passionsfrüchtelikör und einer Frau – der Frau! –, schön wie ein Engel und ausgestattet mit all jenen köstlichen Attributen, derer man die Engel beraubt hat).

Es grüßt Sie Ihr Freund

Fradique

## Brief an Eça de Queiroz
## Zuckerrohrplantage Cajaíba, Mai 1877

Mein lieber José Maria!

Vergangene Woche fand auf meinem Gut ein großes Fest statt. Ich hatte beschlossen, allen Plantagenarbeitern den Freibrief auszustellen, was mit einer ausgelassenen Befreiungskundgebung gefeiert wurde, die einige der wichtigsten Köpfe der stetig wachsenden sozialen Bewegung gegen die Sklaverei nach São Francisco do Conde führte. Die Arbeiter haben sich mehrheitlich entschieden, weiter in meinen Diensten zu bleiben, da ich ihnen den gleichen Lohn bezahle, wie ihn die europäischen Siedler in den südlichen Provinzen erhalten, zudem für die allgemeine ärztliche Betreuung und die Erziehung der Kinder aufkomme.

Einer der wenigen, die nicht bleiben wollten, war Cornélio, der alte Haussa, den ich bereits im letzten Brief erwähnte. Er war sehr ernst, als er mich aufsuchte und mir mit dem seiner Rasse eigenen Stolz erklärte, er wolle nach Afrika zurückkehren, Mekka besuchen und dann sterben. »Das Leben eines Sklaven«, sagte er, »ist ein Haus, das viele Fenster hat und keine Tür. Das Leben eines freien Mannes ist ein Haus, das viele Türen hat und kein Fenster.« In den letzten Jahren war er durch den Verkauf selbstgeflochtener Körbe in unserem Städtchen zu etwas Geld gekommen und wollte nun, daß ich ihm bei der Schiffspassage behilflich war. Er zeigte mir sein Erspartes, es war nicht viel, doch ich sagte ihm, es sei genug und beglich den Rest aus meiner eigenen Tasche. Gestern ist er heiteren Herzens abgefahren, in einer Feluke, die unseren Marktflecken jede Woche mit Salvador verbindet. Beunruhigt ob dieses verwegenen Unterfangens, hatte Ana Olímpia noch versucht, ihn davon abzubringen, doch er ließ sich nicht beirren. »Im Land der Haussas«, sagte ihm meine Freundin, »erinnert sich keine Menschenseele mehr an Euch.« Der Alte zuckte nur die Schultern und entgegnete: »Ich suche nicht die anderen, ich suche mich.«

Während dreier Tage und Nächte aßen und tranken, tanzten und sangen die Neger um ein Dutzend Feuer auf dem großen Platz hinter dem Herrenhaus. Wir empfingen unterdessen zahlreiche Cavalheiros aus Salvador, Pernambuco und selbst Rio de Janeiro, die sich in einer Art lärmender Landpartie gegen die Sklaverei an diesen entlegenen Ort begeben hatten.

So lernte ich auch einen jungen Journalisten kennen, José do Patrocínio, von dem es heißt, er sei der Schrecken der mächtigen Zuckerbarone. Ein Mann mit einem sympathischen, von einem weichen Bart eingerahmten Gesicht, großen, überaus sanften und offenen Augen, der, sobald er zu sprechen anhebt, wächst, sich verändert und, hingerissen von seiner eigenen Redekunst, gleichsam zum Tiger wird, der zum Sprunge ansetzt. Seine wortgewaltigen Reden und die wohleinstudierte Theatralik seiner Gesten machen ihn zweifellos zu einem höchst gefährlichen Redner, imstande, Menschenmassen aufzuwiegeln. Politisch ganz auf der Linie Proudhons, flicht er in seine langen Tiraden gegen die Kaffeebarone und die Heilige Mutter Kirche immer wieder dessen »Sklaverei ist Diebstahl« ein. Kurioserweise war sein Vater nicht nur Gutsbesitzer und Sklavenhalter, sondern auch Priester; seine Mutter, eine arme Kreolin, verkaufte Früchte in Campos dos Goitacazes östlich von Rio de Janeiro. Im Vikariat von Campos und einem nahe gelegenen Gut aufgezogen, hatte José das väterliche Haus noch in jungen Jahren verlassen, um im Hospital da Misericórdia von Rio de Janeiro zu arbeiten und zu lernen. Heute deklamieren junge Eiferer seine Artikel aus der ›Gazeta de Notícias‹, als seien es Gedichte – oder Gebete! Und auf den Versammlungen der zahlreichen Gesellschaften gegen die Sklaverei, die mehr oder minder überall im Lande an Zuwachs gewinnen, wird sein Name mit beinahe ehrfürchtigem Respekt genannt.

Gemeinsam mit José do Patrocínio kam ein weiterer wichtiger Vertreter der Befreiungsbewegung aus Rio de Janeiro: Luís Gama, ein Advokat, der in den letzten Jahren vor allem durch sein Eintreten für widerrechtlich versklavte Bürger große Popularität erlangt hat. Gama ist dieses Schicksal selbst widerfahren; als Sohn einer freien Negerin geboren, und somit ebenfalls frei, wurde er dennoch in jungen Jahren von seinem Vater verkauft. Es gelang ihm wenig später zu fliehen, und sein Leben war höchst abenteuerlich, ehe er Advokat werden und sich als solcher niederlassen konnte. »An uns«, sagte mir Gama,

»ist selbst die Hautfarbe ein Makel. Ein unverzeihlicher Geburtsfehler, ein Stigma, ein Verbrechen. Doch vergessen unsere Kritiker stets, daß ebendiese Hautfarbe Tausende Diebe, die uns schmähen, hat reich werden lassen; daß ebendiese Sklavenhaut, der Farbe der Erde so ähnlich, unter ihrer dunklen Oberfläche Vulkane birgt, in denen das heilige Feuer der Freiheit lodert.«

Gama unterscheidet sich mit dem, was er sagt, deutlich von jenen Mestizen, die, kaum sind sie zu Reichtum gekommen, ihren afrikanischen Ursprung vergessen, und die Gesellschaft tut ihnen den Gefallen, dies ebenfalls zu vergessen. In seinem Buch ›Malerische Reise in Brasilien‹ berichtet der deutsche Maler Johann Moritz Rugendas, man habe ihm auf seine Frage, ob der Kommandant einer bestimmten Provinz Mulatte sei, entgegnet: »Das war er, ist es aber nicht mehr.« Da sich Rugendas ungläubig ob solch wundersamer Wandlung zeigte, fügte sein Gesprächspartner hinzu: »Nun, Senhor, kann ein Mestize etwa Provinzkommandant sein?«

Zwei Tage nachdem unsere Gäste abgereist waren oder genauer, vergangenen Freitag, erhielt ich überraschend Besuch von meinem alten Freund und Landsmann Alexandre Gomes (vielleicht erinnern Sie sich seiner); er ist Eigentümer einer Zigarrenfabrik in Recife, und insbesondere ihm ist es zu verdanken, daß ich diese Fazenda kaufte. Alexandre erschien mit einem ehrwürdigen, weißbärtigen Menschen am Arm, den er mir als Frutuoso Vicente, Baron do Rio das Contas und Besitzer der benachbarten Zuckerrohrplantage Paramirim, vorstellte. Beide schienen mir etwas beunruhigt, und rasch begriff ich weshalb. Sie seien gekommen, erklärte Alexandre, um mich zu warnen, es sei unvorsichtig von mir gewesen, eine Gruppe gefährlicher Anarchisten auf meinem Gute zu empfangen: »Du bist noch nicht lange in Brasilien«, sagte Alexandre, »was weißt du schon von der einheimischen Politik. Dieser Neger, der hier war und behauptet, er heiße José do Patrocínio, steht im Dienste finsterer Mächte ...«

»Ein Verbrecher!« schrie der Baron. »Schlimmer als ein Anarchist! Ein Bandit, der mit Feuer und Schwert einen Aufstand anzetteln will! Wissen Eure Exzellenz überhaupt, daß dieses Subjekt nicht nur für die Befreiung der Sklaven eintritt, sondern auch noch der Meinung ist, wir hätten kein Anrecht auf eine entsprechende Entschädigung durch den Staat? Wenn nicht einmal der Staat in der Lage ist, für all diese Sklaven einen Ausgleich zu zahlen – wo er sie doch selbst verkauft und Steuern für sie erhoben hat –, dann können wir es erst recht nicht!«

»Dieses Fest«, versuchte Alexandre den Baron zu beruhigen, »diese befremdliche Zusammenkunft, die hier stattfand, und, weit schlimmer noch, diese absurde Idee, Sklaven zu befreien, das alles beunruhigt Leute von Stand.«

Ich hätte mich einfach für ihr beider Interesse bedanken und das Thema wechseln können. Was man wohl auch erwartete. Doch in Alexandres letzten Worten schwang etwas Ungutes, Bedrohliches mit, und dies weckte in mir den unterdrückten Zorn der Mendes.

»Leute von Stand? Vom Stand des Teufels vielleicht! Sind das etwa Leute von Stand, die sich vom Brot anderer nähren?«

Sie wissen, wie ich zur Sklaverei stehe. Ich denke, irgendwann dieser Tage kehrt Jesus Christus voller Zorn auf die Erde zurück, die Sklaven zu befreien, er wird seine Propheten und seine Kirche haben. Aber nicht lange, und man wird ihn verraten und kreuzigen, und am Ende wird es wieder Sklaven zuhauf geben. So war es, und so wird es immer sein, und wir können nichts dagegen tun. Doch in diesem Augenblick war ich so verärgert über Alexandres Vermessenheit, daß mir nur jener Spruch einfiel, den José do Patrocínio dem alten Proudhon gestohlen hatte:

»Sklaverei ist Diebstahl!«

Darauf war der Baron nicht gefaßt (selbst ich nicht). Er lief dunkelrot an und klammerte sich mit zittrigen Händen an den Knauf seines Stockes. Ich befürchtete schon, er könnte tot umfallen. Doch er hielt sich wacker. Richtete sich auf, griff nach seinem Zylinder und marschierte, ohne mir die Hand zu reichen, Richtung Tür:

»Gehabt Euch wohl«, murmelte er mit dünner Stimme. »Ihr hört noch von mir.«

Alexandre folgte ihm kopfschüttelnd. Als ich die beiden dergestalt davongehen sah, begriff ich, daß ich mit dieser Episode eine Kriegserklärung unterzeichnet hatte. Und nicht nur das, ich hatte zugleich meinen *Klassenstandpunkt* eingenommen (Santo Antero, unserem geliebten Dichter, gefiele dieser Ausdruck). Mit anderen Worten, mir scheint, ich habe in diesem Lande etwas Neues gefunden, mit dem ich den Geist beschäftigen und den Müßiggang vertreiben kann.

Doch nun verabschiede ich mich, denn es ist spät geworden, und breche auf, mich der Geschichte und der Revolution zu stellen!

Mit brüderlichem Gruß

Fradique

## Brief an Eça de Queiroz
## Rio de Janeiro, Juni 1877

Mein lieber José Maria!

Ihr Brief hat mich in Cajaíba erreicht, Bücher, Zeitungen, alles roch tatsächlich nach dem Rauch, dem Teer, dem Schweiß der Arbeiter dieses schrecklichen Newcastle-on-Tyne. Ihr fragt, wie es steht um die Revolution – gefährlich, mein Freund, gefährlich! Wenn ich mir, wie Fernão Mendes Pinto, »die vielen und großen Mühen und Gefahren vor Augen halte, denen ich ausgesetzt war«, fällt es mir schwer, sie einzuordnen und ihnen einen Sinn zu geben und jetzt schon glaubwürdig zu beschreiben, was selbst unserem bedauernswerten Landsmann mit seinem Seefahrerlatein nicht gelungen ist.

Ich befinde mich derzeit in Rio de Janeiro und schiffe mich am Montag nach Lissabon ein, wo ich die Absicht habe, ein, zwei Monate zu bleiben, bevor ich mich nach Paris und anschließend nach London begebe. Die äußeren Beweggründe für meine Reise sind geschäftlicher Art, zudem möchte ich Freunde wiedersehen, doch gibt es auch andere, weniger für die Öffentlichkeit bestimmte

Gründe: Ich habe mich unlängst einem Geheimbund gegen die Sklaverei angeschlossen (›Gesellschaft der Termiten‹ genannt!) und trage mich nunmehr mit der Absicht, Regierungen und Institutionen des alten Europa um Unterstützung in dieser Sache anzugehen. Ich zähle hierbei auf Sie und unsere Freunde, zumal ich mich im Besitz einiger Dokumente befinde, die, sind sie erst einmal publik, für erhebliches Aufsehen sorgen könnten.

»So«, höre ich Sie bereits sagen, »entmachten wir die Kaffeebarone nicht.« Gewiß, mein skeptischer Freund: Wir können sie weder durch Schmach noch durch Gespött bezwingen, doch können wir zumindest verhindern, daß sie mit dem ruhigen Gewissen der Gerechten über die Champs-Élysées flanieren. Sie müssen wissen, die Brasilianer hegen nahezu eine Obsession für die Stadt des Lichts. In Rio de Janeiro, in der Rua do Ouvidor, wo Modehäuser, wie »Notre Dame de Paris« oder »O Grande Mágico«, Floristen und Konditoreien mit einer stattlichen Zahl prachtvoller Auslagen vertreten sind, vernimmt man überall nur französisch bzw. was man dort dafür hält und fröhlich radebrecht, wie in Luanda der Zeremonienmeister, wenn er Anweisungen zur Rebita erteilt.

Was nützt einem brasilianischen Großgrundbesitzer all sein Reichtum, wenn er ihn nicht in Paris ungehindert zur Schau stellen kann? Was nützen ihm Zylinder und Monokel, frisch verliehener Titel, Golduhr und eleganter Anzug, wenn er sich nicht freudestrahlend damit zeigen kann? Sei es in der neu erbauten Oper von Charles Garnier oder im altbewährten Odeon. Paris ist für die brasilianische Aristokratie – die rechtmäßige und die des Kaffees - wie der Zauberspiegel für die böse Fee: »Spieglein, Spieglein an der Wand«, befragen die Frutuoso Vicente die Hauptstadt Frankreichs, »wer ist der Reichste im ganzen Land?« Von der Antwort auf diese Frage hängt das Leben des Kaffeebarons ab, denn nur wenn er in Paris lebt, hat er das untrügliche Gefühl, daß er wirklich lebt.

Sie lachen? Sie glauben, ich übertreibe? Ich selbst habe erst vor wenigen Tagen begriffen, wozu diese Männer in ihrer Machtgier und ihrem Wahn fähig sind, und wieviel ihnen jene Papiere bedeuten, die ich bei mir trage. Es dürfte gegen vier Uhr nachmittags gewesen sein, ich befand mich auf der Fähre zwischen Niteroi und Rio, war allein und konnte mich nicht satt sehen an der unvergleichlichen Landschaft, die an mir vorüberglitt. Jene durch Dampf angetriebenen Schiffe, bei denen Bug und Heck gleich sind, damit sie von beiden Seiten aus anlegen können, haben zwei Klassen, für Beschuhte und Unbeschuhte – oder genauer: eine für Herren und eine für Sklaven –, wobei wir, die Beschuhten, in einem komfortablen Salon reisen. Auf der Fähre werden Journale verkauft, so daß, wer des wunderbaren Anblicks, den diese Reise bietet, müde ist, sich die Zeit mit läppischem Hofklatsch vertreiben kann. Die zwanzigminütige Überfahrt vergeht angenehm wie im Fluge, und wenn das Meer nicht gerade stürmisch ist, nahezu unbemerkt.

Die Fähre war fast leer. Und ich, in den Anblick der wunderbar grünen Hügel versunken, die sich in der Ferne zwischen das weit ausgedehnte Häusermeer schoben, hing melancholischen Gedanken über das menschliche Schicksal nach und die Unzulänglichkeit der Welt und dachte, wie sehr mir doch der praktische Sinn meines getreuen Smith fehlte. Als ich mit einem Male einen mageren, dunkelhäutigen, schnurr- und spitzbärtigen Menschen bemerkte, der unmittelbar mir gegenüber Platz genommen hatte. Auf seinen Knien lag ein aufgeschlagenes Journal, das er vorgab zu lesen (und dies erweckte meine Aufmerksamkeit: die Gewißheit, daß er nicht las). Er sah unvermittelt auf und mir geradewegs in die Augen:

»Eure Exzellenz mögen verzeihen«, sagte er mit näselnder, blökender Stimme und starkem nordöstlichen Akzent, »aber ich glaube, wir haben uns bereits irgendwo gesehen.«

»Möglich«, entgegnete ich mißtrauisch. »Ich bin dort des öfteren.«

Er überhörte meine Ironie:

»Ich möchte sichergehen. Sind der Herr auch wirklich der Portugiese Fradique Mendes?«

Von einer bösen Vorahnung ergriffen, sprang ich auf, und auch der Mann erhob sich, griff in seinen Rock und richtete einen Revolver auf mich:

»Der edle Herr möge mir verzeihen. Gott weiß, daß nicht ich es bin, der Euch jetzt tötet ...«

Die Behendigkeit, die ich in langen Jahren des Fechtens erworben hatte, rettete mich. Ich sprang zur Seite, hörte den Schuß, das schnelle Pfeifen der Kugel, und warf mich gegen den Schützen. Der verlor das Gleichgewicht, ließ den Revolver fallen, rannte hinaus auf Deck, riß dabei einen armen Alten zu Boden und sprang Hals über Kopf ins Wasser. Zwei Matrosen stürzten sich auf mich und verstellten mir den Weg; im Nu drängten sich im Salon aufgeregt schreiende Menschen, und mich schleifte man zur Kabine des Kapitäns. Wieder an Land, versuchte ich drei geschlagene Stunden lang, die dienstbeflissenen Hafenpolizisten davon zu überzeugen, daß ich mir das Verhalten des Mannes – eines Menschen, den ich nie zuvor gesehen hatte – nicht anders erklären könne, als daß er plötzlich den Verstand verloren habe.

Anschließend suchte ich José do Patrocínio auf, von dem ich Ihnen bereits berichtet haben dürfte. Seines Zeichens Journalist und einer der führenden Köpfe in der Bewegung gegen die Sklaverei. Mein Freund lauschte schweigend meinem Bericht über jenes seltsame Abenteuer. Ich erzählte ihm alles, so wie ich es Ihnen jetzt und hier erzähle, und vergaß dabei auch nicht den letzten Satz des Pistoleiros. Patrocínio schüttelte besorgt den Kopf:

»Ein Vollstrecker Christi! Diese Leute haben den Verstand verloren! ...«

Vollstrecker Christi, unter diesem kuriosen Namen sind im Nordosten Brasiliens die gedungenen Mörder bekannt. Wenn sie einen Auftrag erhalten, besuchen die Pistoleiros gemeinsam mit ihrem Auftraggeber die heilige Messe. In dem feierlichen Augenblick, da der Priester die Hostie hochhält, wird ihnen der vereinbarte Lohn ausgehändigt sowie die Kugel, mit der sie ihren Dienst versehen müssen. Durch dieses Ritual glauben sich die Mörder aller Verantwortung für das Verbrechen enthoben, hat doch Christus sie vom Altar aus gesehen, dem Vertragsabschluß beigewohnt und sich das Gesicht des Auftraggebers eingeprägt. Die Vollstrecker Christi scheitern, wie mir José do Patrocínio sagte, selten bei einer Mission: Von ihrer Unschuld und der heiligen Natur des geschlossenen Vertrages überzeugt und einem

Ehrbegriff verpflichtet, der weder ein Scheitern noch Verrat erlaubt, tun sie alles, um ihren Auftrag getreulich auszuführen.

Mein geschätzter Freund meint, daß jener Mann einen weiteren Tötungsversuch unternehmen wird, mit dem Revolver oder dem Messer, und ich mich aus diesem Grunde vorsehen müsse. So hat er gegen meinen Willen zwei berühmte Capoeira-Kämpfer angeheuert, »Grüne Schlange« und »João Totenstill« – Namen, die trefflich zu den beiden Gestalten passen. Sie sind angewiesen, mich nie aus den Augen zu lassen, und folgen mir nun auf Schritt und Tritt: Bleibe ich nur eine Sekunde stehen, um eine Auslage zu betrachten, tun dies in fünf Meter Abstand meine beiden Schatten ebenfalls; betrete ich einen Tabakladen, warten sie an der Türe, kratzen sich die nackten Fußsohlen und mustern jeden, der nach mir eintritt, mit unverhohlenem Mißtrauen. Gestern suchte ich ihnen zu entkommen, indem ich mich eilig davonstahl und unter das Menschengetümmel in der Rua do Ouvidor mischte – unter laut rufende Zeitungsverkäufer, freundlich schwatzende Cavalheiros und schlendernde Senhoras nebst ihren Hausjungfern –, bewirkte aber nur einen furchtbaren Tumult: Eine Gruppe junger Leute, die dachten, ich wolle den beiden Capoeira-Kämpfern entkommen, eilte mir zur Hilfe. Doch »Grüne Schlange« und »João Totenstill« stellten sich ihnen mit Kopf und Bein entgegen, mit Fausthieben, »Rochenschwänzen« und anderen, ihrer Kunst eigenen Schlägen, und trieben meine Helfer schnell auseinander. Schließlich flohen wir drei wie gemeine Verbrecher vor den *urbanos*, der städtischen Polizei; ich unter Verlust von Hut, Stock und dem fünfhundertjährigen Ehrgefühl der Mendes!

Allein daran können Sie bereits ermessen, wie gefährlich sich diese Revolution anläßt.

Seien Sie herzlich umarmt

Fradique

## Brief an Ana Olímpia
## Quinta da Saragoça, Juli 1877

Geliebte!

Ich habe die Insel Cajaíba gekauft, da ich Dir, wenngleich nicht das Paradies, so doch zumindest einen vorübergehenden Zufluchtsort bieten wollte, und als wir im Mai auseinandergingen, dachte ich noch, das Eiland könne dies tatsächlich sein. Weit gefehlt. Ich habe schlechte Nachrichten für Dich, furchtbar als solche und beunruhigend, was Deine Sicherheit angeht. Wenige Tage vor meiner Abreise nach Lissabon versuchte mich ein Mann auf der Fähre zwischen Rio und der kleinen Stadt Niteroi zu erschießen, es gelang ihm, schwimmend zu entkommen. Dieser Zwischenfall hat mich nicht sonderlich beunruhigt, zumal ich überall in der Welt treffliche Feinde habe und Bekundungen ihrer Antipathie ebenso gewohnt bin wie Schüsse! Ich habe dem guten Patrocínio von besagtem Vorfall berichtet, der in dem Schützen einen gedungenen Mörder vermutet und sogleich zwei Capoeira-Kämpfer zu meinem Schutze anheuerte. Was zur Folge hatte, daß ich den Rest der Woche vergeblich versuchte, Patrocínios Männern zu entkommen, und mich erst am Montag, als ich endlich an Bord gehen konnte, wieder als freier Mensch fühlte.

Es regnete. Die Luft war erfüllt von feinen, lästigen Tropfen, melancholisch wie Tränen, die bei uns Portugiesen im Volksmund »Narrenregen« heißen. Ich verweilte lange an Deck und sah Brasilien traurig im Nebel zurückbleiben.

Anschließend suchte ich meine Kajüte auf. Ich fand dort einen Koffer vor, der fast identisch war mit dem meinen. Im ersten Augenblick dachte ich, man habe versehentlich ein Gepäckstück vertauscht, was früher oder später jedem Reisenden einmal widerfährt, und rasch wieder in Ordnung gebracht werden kann. Doch dann bemerkte ich, daß der Koffer mit meinem Namen versehen war. Ich öffnete ihn beunruhigt, und was ich sah, verschlug mir den Atem: zwei kalte, glasige Augen starrten mir entgegen. Vor mir lag der präparierte Kopf eines schwarzen Mannes.

Ich schlug den Koffer wieder zu. Welch gräßlicher Alptraum; Übelkeit stieg in mir auf, mir war, als drehte sich das Schiff auf dem Meer, ich entriegelte die Luke und legte mich in die Hängematte. Ich weiß nicht, wie lange ich so dalag und krampfhaft die schwere, feuchte Luft einatmete. Als ich mich wieder beruhigt hatte, stand ich auf und öffnete erneut den Koffer. Der Kopf war immer noch dort, doch erst jetzt erkannte ich zu meinem Entsetzen, daß er die edlen Züge des alten Cornélio trug.

Ich weiß, daß diese Nachricht Dich verstören wird. Und Du wirst Dir vorstellen können, wie verstört ich bin. Der Tod des alten Cornélio ist ein Verbrechen, das sich um so schändlicher und absurder darstellt, als es gewiß einzig in der Absicht begangen wurde, uns zu ängstigen und zu verhöhnen. Zu allem Unglück sind mit meinem Koffer auch jene Dokumente verschwunden, mit denen ich Europa aus seiner Altersstarre reißen und Sklavenhändler und Sklavenhalterpack, die sich dem Fortschritt in Brasilien entgegenstemmen, einen gezielten Schlag versetzen wollte. Wir haben verloren! Doch nur eine Schlacht, denn der Krieg, der Krieg hat soeben erst begonnen.

Ich habe Cornélios Kopf ins Meer geworfen. Auf der Höhe der Kapverdischen Inseln. Die Nacht war dunkel und mondlos. Iemanjá, die Quiandas und alle mächtigen Gottheiten der lauen Gewässer Afrikas werden seine Seele zurück ins Land der Haussas begleiten. Cornélio hat sich nie versklaven lassen: Selbst am Pranger, selbst in Ketten, an den höchsten Mauern blieb er doch immer eine freie Seele. Jetzt endlich wird er seinen Weg nach Hause finden.

Ich schwöre Dir, dieses furchtbare Verbrechen wird nicht ungesühnt bleiben. Ich, Du, unsere Freunde, wir alle müssen Cornélios Tod rächen. Unterdessen aber flehe ich Dich an, unternimm nichts. Bitte Ernesto, Sorge zu tragen, daß die Fazenda Tag und Nacht bewacht wird; vermeide auszugehen, und so Du es tust, gehe nie alleine und nie ohne die entsprechenden Vorkehrungen.

Ich liebe Dich

Fradique

## Brief an Ana Olímpia
## Quinta da Saragoça, August 1877

Geliebte!

Dein Brief hat mir neuen Mut gemacht, meine müde Seele erquickt wie der Novemberregen, der in Afrika den Staub von den Wegen wäscht. Ich wünschte, ich hätte den Fetisch des alten Grafen von Cagliostro bei mir – unseres Grafen, dem auf der »Nação Crioula« – und die Zauberkraft seiner geheimnisvollen Kunst, auf daß ich alle Tage, alle Augenblicke wüßte, wie es Dir ergeht und was Du tust. Ich hier auf meiner Quinta da Saragoça, wohin ich vor der tödlichen Hitze, unter der Lissabon erstickt, geflüchtet bin, gehe einzig spazieren, meditiere und – wie könnte es anders sein – denke an Dich.

Vor einer Woche war ich mit Eça de Queiroz Stockfisch auf Maurenart essen, in einer Taverne, die er zu Recht über alles schätzt! Seit nunmehr bald vier Jahren als Konsul nach Newcastle-on-Tyne verbannt, wo er zum Wohle der Nation darbt und schreibt, war mein Freund auf der Suche nach Portugal hierher nach Lissabon gekommen. Da er das heroische Vaterland des Camões aber nirgendwo wiederfand, weder auf dem Rossio-Platz noch auf dem Chiado, und dies kaum glauben konnte, erinnerte er sich rechtzeitig des alten Maurenviertels und der Taverne. Die wir beide denn auch aufsuchten. Hier fanden wir das wirkliche Portugal, saßen zwischen Vagabunden und Fischweibern, die Fado sangen und penetrant nach Knoblauch und Schweiß stanken. Der Stockfisch wurde serviert, prachtvoll angerichtet mit Kichererbsen, spanischem Pfeffer und frischer Petersilie, und wir verstummten, um diesen so großen Augenblick zu zelebrieren. Es war bereits nach Mitternacht, als wir erschöpft, aber gestärkt von dannen gingen, uns das Vaterland aus dem Leibe rülpsend und ein wenig schwankend, denn der Rotwein war ausgezeichnet.

Ich hatte ein Zimmer im Hotel Bragança genommen, wohin ich mich in einer klapprigen Kutsche begab, nachdem ich José Maria im Hause seiner alten Eltern am Rossio abgesetzt hatte. In der Rezeption rief eine Stimme nach mir, eine Stimme, die ich vermeinte zu kennen, doch als ich mich umwandte, sah ich niemanden. Da aber schoß mit einem Male hinter einem Berg Kisten und Koffer ein winziges schwarzes Menschlein in schwarzer Soutane hervor: Pater Nicolau von den Engeln.

»Noch nie habe ich einen so wohl aussehenden Toten gesehen!« rief er. »Kommt zu mir, ihr Gebeine …«

Ich ging in die Knie, und das Männchen warf sich an meine Brust. Nicolau von den Engeln war wenige Stunden zuvor aus Angola eingetroffen und wollte am nächsten Tage zum Vatikan weiterreisen. Er konnte es kaum fassen, mich hier lebend anzutreffen und meinte gerührt:

»Ich habe oftmals für Eure Seele gebetet. In Luanda glaubt man, Ihr seid umgekommen.«

Er befühlte meine Arme, sich vergewissernd, daß wirklich ich es war, der da vor ihm stand, und kein Gespenst. Er erkundigte sich nach Dir, wollte wissen, was aus dem jungen Arcénio geworden sei, und schleppte mich alsdann ins Kaffeehaus, wo wir bis kurz vor Sonnenaufgang Neuigkeiten austauschten. Auf diese Weise erfuhr ich, daß es Jesuíno Vaz de Caminha in Luanda bestens geht und er sich eifrig bereichert, worauf er sich trefflich versteht: Er mißhandelt die Armen und schmeichelt den Reichen. Gabriela Santamarinha, versichert der Pater, sei inzwischen noch häßlicher geworden (was ich nicht glauben kann, da dies kaum möglich ist!) und so überspannt, daß niemand mehr Umgang mit ihr pflegt.

Nicolau von den Engeln reist auf Geheiß des Papstes zum Vatikan. Seine Heiligkeit dürfte von den vielen Wundern gehört haben, die unser gemeinsamer Freund so leichtfertig überall im angolanischen Hinterland vollbringt, und darob beunruhigt und verärgert sein. Dies hat mir der unglückliche Nicolau zwar nicht erzählt, doch ließen sein Schweigen und seine Andeutungen darauf schließen. Der alte Pius IX. weiß, daß wir im Zeitalter der Aufklärung leben, der Wissenschaft und der Skepsis und daß die Kirche, will sie modern sein, mit dem Wunderglauben brechen muß, mit der Vergangenheit der Katakomben und der Magie. Will die Kirche mit der Zeit gehen, darf sie nicht zulassen, daß Wunderpriester in ihrem Namen Tote auferstehen lassen, Blinde sehend machen, Brötchen vermehren oder Wasser in frisches Quisângua-Bier verwandeln; solches mochte vor zweitausend

Jahren angehen und bestaunt werden, doch heutzutage schadet es der Glaubwürdigkeit und dem Ansehen der Institution Kirche: niemandem würde einfallen, Königin Victoria könnte gottergeben und bloßen Fußes über die Wasser der Themse schreiten!

Nicolau von den Engeln wird in den Vatikan zitiert, weil seine Heiligkeit ihn weniger Wunder vollbringen und weniger von seinem Volke geliebt sehen möchte. Seine Heiligkeit wird wünschen, daß er sich zurückzieht aus der Welt, aber Benguela ist nicht zurückgezogen genug. (Vielleicht schickt er ihn nach Pernambuco!)

Was die Wunder betrifft, so ist mir kürzlich eines geschehen, oder besser gesagt, ich habe es vor meinen Augen – und meinem ungläubigen Herzen – geschehen sehen. Ich ging die Rua do Ouro hinauf, alleine, es war gegen Abend, als ich mit einem Male eiliges Hufgeklapper und Schreie vernahm, woraufhin ich mich umwandte und eine Kalesche sah. Der Kutscher hatte die Kontrolle über das Gefährt verloren, war in heller Panik, fluchte und schlug mit der Peitsche. Ein Mann floh vor den Pferden her, und dies so ungeschickt, daß er gewiß überrollt worden wäre, wäre ich ihm nicht zu Hilfe geeilt: Ohne lange zu überlegen, warf ich mich auf den Unglücksmenschen, riß ihn zu Boden, und der Wagen fuhr an uns vorüber, bis er, ohne Schlimmeres angerichtet zu haben, am Ende der Straße zum Stehen kam. Wir erhoben uns, klopften den Staub ab, und jetzt erst, bei näherem Hinsehen, erkannte ich in dem Manne jenen vermaledeiten Mordgesellen, jenen Vollstrecker Christi, der mich in Rio de Janeiro versucht hatte zu töten.

»Was zum Teufel machen Sie hier?« fragte ich verblüfft. »Wollen Sie mich töten?«

Der Mann, kleingewachsen und dunkelhäutig, mit Schnurr- und Spitzbart, sah mich feierlich an.

»Ja, das wollte ich, wollte ich«, blökte er, »aber jetzt nicht mehr.«

Und im gleichen Tone, mit dem singenden Akzent der Leute aus dem Nordosten, erklärte er, da ich ihm das Leben gerettet hätte, sähe er sich nun nicht mehr verpflichtet, mich zu töten: »Gott hat es so gewollt.« Da ich nicht recht wußte, was sagen, schleppte ich ihn in einen nahen Bierausschank, ließ zwei Glas Bier zapfen, wartete ab und spitzte neugierig die Ohren. Der Bandit ließ sich nicht lange bitten. Asdrúbal war der Name, den man ihm am Taufbecken gegeben hatte, doch in Limoeiro Velho, wo er geboren war, nannte man ihn schlicht »den Kleinen«. Als Mündel eines reichen Plantagenbesitzers, eines gewissen Belmiro, der selbstverständlich Baron von Escada wurde, wuchs er auf, ohne daß es ihm an etwas gemangelt hätte, und lernte gar Lesen und Schreiben.

Asdrúbal hätte ein friedfertiger Buchhalter werden können; doch eines heißen Januarnachmittags – er war mit besagtem Belmiro ausgeritten – brach aus dem trokkenen Buschwald ein Reiter hervor, der mit einer Flinte wild um sich schoß. Asdrúbal, erst dreizehn Jahre alt, trug bereits eine Waffe. Und so zog er die Pistole und hob den anderen mit einem einzigen Schuß aus dem Sattel. Das war der Beginn einer großen Karriere, denn beeindruckt von der Kaltblütigkeit und Gewandtheit des Jungen bediente sich Belmiro fortan seiner, wann immer ihm jemand unliebsam wurde.

All dies erzählte mir Asdrúbal, der Kleine, bei einem Glas Bier. In seiner blökenden Stimme schwang nicht die leiseste Reue mit. Ich wollte wissen, wer ihn beauftragt hatte, mich zu töten. Der Bandit zuckte die Schultern: »Ein Freund meines Gevatters. Wie er heißt, weiß ich nicht.« Ich fragte ihn, ob sein Gevatter oder der Freund des Gevatters denn wüßten, daß er sich in Lissabon aufhielte. Wieder zuckte er die Schultern: »Nein. Als sie mir sagten, Euer Ehren seien abgereist, dachte ich, dann tu ich das auch. Nach einer Woche hatte ich eine Anstellung als Küchenhilfe auf einer portugiesischen Brigg, und mit der bin ich hierher gekommen. Ich habe Euch die ganze Zeit gesucht, aber erst heute gefunden. Ich wollte Euch gerade töten, da kam der Wagen.« Er schwieg, nahm noch einen Schluck, sah mir in die Augen und murmelte traurig:

»Und jetzt kann ich Euch nicht mehr töten, und meine Ehre hab ich auch verloren. Was soll ich jetzt nur machen!«

Der Mann tat mir leid:

»Zu dumm, daß ich Sie gerettet habe, hätte ich gewußt, daß Sie es sind, ich hätte es unterlassen.«

Ich bestellte noch zwei Bier, und wir tranken und redeten, bis der Wirt um Erlaubnis bat, sein Lokal schließen zu dürfen. Wir verabschiedeten uns wie alte Freunde, und fünf Tage später fuhr er zurück nach Brasilien. Ich hingegen breche in zwei Wochen nach Frankreich auf.

Ich möchte, daß Du ernsthaft über meinen Vorschlag nachdenkst und mit mir kommst. Meine Freunde von der Geographischen Gesellschaft waren begeistert von der Idee, daß eine Frau über den Sklavenhandel und die Lage der Neger in Brasilien sprechen könnte, eine Frau, die dieses Schreckensregime am eigenen Leibe erfahren hat (und noch erfährt).

Antworte mir nach Paris.

Dein Dich anbetender

Fradique

## Brief an Ana Olímpia
## Paris, September 1877

Meine holde Prinzessin!

Soeben habe ich Deinen wohlgemuten Brief erhalten. Komm nur, komm! So werde ich also in einem Monat wieder ein lebendiger Mensch sein. Ich fürchte nur, daß Paris Deiner nicht wert ist. Sicher aber verdient es die überschwenglichen Gefühle nicht, die aus Deinem Briefe sprechen. Paris, der Mittelpunkt der Zivilisation? Ja, gewiß! Doch was ist das, Zivilisation? Zwischen einem melancholischen Herren, der im Salon der Madame de Jouarre, meiner liebenswürdigen Gönnerin, verkehrt, und einem Kannibalen, der weit weg am oberen Amazonas lebt, gibt es keine ernstzunehmenden Unterschiede in der Moral, einzig in der Gastronomie.

Vor mir liegt die letzte Ausgabe der ›Revue de Médecine‹ mit einem höchst passenden Artikel. Ein Mörder namens Bruno Sanjuan wurde in der Nacht des 24. April durch das Fallbeil hingerichtet und sein Leichnam, den seine Familie sich weigerte entgegenzunehmen, der Wissenschaft, in Person des berühmten Professors Jupin, übergeben. Welchselbiger Sorge trug, daß besagter Leichnam sogleich in eine zu einem Labor umgewandelte Kutsche gebracht wurde, in der sich zwei brennende Laternen, eine elektrische Batterie und ein lebender Hund (ein Neufundländer) befanden. »Auf diese Weise«, heißt es in der Zeitschrift, »gelang es Monsieur Jupin, zwischen Schafott und École Pratique eine Reihe äußerst wichtiger Experimente von großem wissenschaftlichen Werte durchzuführen.«

Zunächst setzte der Professor Sanjuans Kopf unter Strom und blies ihm gleichzeitig in die Ohren, ein Verfahren, das keinerlei Resultat erbrachte. Als er jedoch die Stromfrequenz erhöhte, öffnete und schloß sich der Mund des Unglücksmenschen, als mache er Anstalten zu atmen. Daraufhin führte der Professor eine Bluttransfusion durch, wozu er das Blut des Hundes in den Kopf des Guillotinierten leitete, dessen Gesicht sogleich Farbe annahm und eine leichte Muskelkontraktion aufwies. An den elektrischen Stromkreis angeschlossen, zuckten die Lider, und die Augen öffneten und schlossen sich fünfzehn bis zwanzig Sekunden lang. Als man den Verstorbenen bei seinem Namen rief, sah er in die Richtung, aus der die Stimme kam, und der Professor vermeinte, selbiger habe ihn wiedererkannt: »Er sah mich haßerfüllt an. Und ebenso erzürnt, wie er mich einige Tage zuvor in seiner Zelle empfangen hatte.« Just zu diesem Zeitpunkt waren bereits fünfundvierzig Minuten vergangen, seit man den Kopf vom Rumpfe getrennt hatte.

Es wäre interessant gewesen, Sanjuans Kopf zu befragen, um beispielsweise herauszufinden, woran er dachte, als er zu Professor Jupin hinsah und das Blut eines Neufundländers sein Gehirn durchströmte. Ob er dachte: »Wo zum Teufel habe ich nur meinen Kopf?« Oder dachte er vielmehr wie ein Dichter an die Weizenfelder seiner Kindheit? Nimmt man allerdings die Aussage des Gelehrten: »Er sah mich haßerfüllt an«, dürfte er eher daran gedacht haben, selbigen umzubringen. Doch wie? Wer weiß, vielleicht durch einen gezielten Biß: »Kommen Sie ein wenig näher, Professor«, hätte er mit schwacher Stimme gefleht, und ihm dann, zack, die Zähne in die Halsschlagader gegraben.

Doch woran dachte er wirklich? Wir werden es nie erfahren: So weit ist die Wissenschaft unglücklicherweise nicht gediehen. Der wackere Professor kam lediglich zu dem vorsichtigen Schluß, daß ein Kopf vom Rumpf getrennt nur schwerlich überleben kann.

Erschreckt Dich meine Geschichte, Prinzessin? Sie ist wahr! In ihr offenbart sich Dir das wahre Gesicht der Zivilisation. Doch komm nur, sei unbesorgt. Ich werde hier sein und Dich beschützen. Bin und werde stets Dein Schutzengel sein.

Fradique

## Brief an Eça de Queiroz
## Paris, November 1887

Mein teurer José Maria!

Kürzlich sagte mir ein Insektenforscher, ein Bienenvolk müsse, um ein Kilo Honig zu produzieren, die Pollen von fünf Millionen Blumen sammeln. Wenn ich an diese erstaunliche Anstrengung denke, frage ich mich, wie viele Bücher Baudelaire hat lesen und wie viele Leben er hat leben müssen, um einen einzigen Vers zu schreiben. Ich habe bisher wenig gelesen und nicht einmal genügend gelebt, um ein Sonett zu schreiben, geschweige denn einen Roman, oder schlimmer noch, »meine Memoiren«. Wie schrieb doch der alte Baudelaire so trefflich:

*Le Temps mange la vie.*
*Et l'obscur ennemi qui nous ronge le cœur*
*Du sang que nous perdons croît et se fortifie.*

Wir sind der Zeit gegeben.
Sie ist der finstre Feind, der unser Herz verschlingt
Wir opfern unser Blut, und sie gewinnt an Leben.

In ihrem letzten Brief äußern Sie Zweifel an der Echtheit der Personen, von denen ich Ihnen des öfteren berichtet habe, und folgern, daß ich bereits »Literatur mache«. Aber glauben Sie wirklich, ich oder wer auch immer könnte in der Tat eine Gestalt wie die des schwarzen Priesters erfinden, eines Zwerges, Wundertäters und Traumwandlers?! Nur die Realität in ihrer betörenden und einzigartigen Unvernunft wagt es, solch wundersame Menschen zu ersinnen.

Nein, ich mache keine Literatur. Und habe auch nicht die Absicht, weder jetzt noch irgendwann, meine Memoiren zu schreiben. Das Interessanteste an meinem Leben waren stets die Leben der anderen. Das meiner Freundin zum Beispiel, Senhora Ana Olímpia, eine legitime Prinzessin, die versklavt wurde, dann selbst Sklaven hielt und heute eine der glaubwürdigsten Wortführerinnen im Kampf gegen die Sklaverei ist. Sie hält sich derzeit in Paris auf. Vergangene Woche kamen in der Geographischen Gesellschaft unzählige Personen zusammen, um sie sprechen zu hören. Ana Olímpia berichtete von ihrer dramatischen Kindheit, von ihrem Vater, einem kongolesischen König, und seinem jahrelangen Dahinsiechen in einem Gefängnis Luandas; sie beschwor jene düsteren Morgen herauf, als sie und die Mutter der Verschiffung von Sklaven nach Brasilien beiwohnten. Sämtliche Reden sämtlicher Sklavenbefreier Europas sind nichts gegen dieses Zeugnis. Und wissen Sie weshalb? Weil aus Ana Olímpias Worten das strahlende Licht der Wahrheit leuchtet, wohingegen im Munde unserer wohlmeinenden Menschenfreunde nur mehr das schwache Flämmchen der Rhetorik flackert. Das genau ist der Unterschied zwischen Leben und Literatur. Und ich ziehe das Leben vor.

Apropos, da Ana Olímpia nun schon einmal in Europa ist, wäre es gewiß interessant, mit ihr nach London zu fahren. Ich bin sicher, unsere Freunde von der Gesellschaft gegen die Sklaverei wären höchst erfreut. Ich schätze, als Vertreter der Krone können Sie sich auf eine solche – für Portugal wie für Brasilien gleichermaßen unangenehme – Sache nicht einlassen, und ich würde Sie auch nie darum bitten. Doch wäre ich Ihnen sehr verbunden, wenn Sie Ihre Vorgesetzten über diesen und über alle anderen Vorträge gegen die Sklaverei in Kenntnis setzen könnten. Lassen Sie ihnen täglich alarmierende Berichte zukommen, die ihnen vor Augen führen, wie sehr das Thema Sklaverei die öffentliche Meinung im Vereinigten Königreich beschäftigt. Erklären Sie ihnen, es sei an der Zeit, wirksame Maßnahmen zu ergreifen, um mit dem Sklavenhandel endgültig Schluß zu machen. Geben Sie ihnen zu verstehen, daß die britische Armada eine umfassende Blockade gegen Brasilien in Erwägung zieht. Erzählen Sie ihnen, daß man von einem Portwein-Boykott spricht. Mit anderen Worten, provozieren Sie die Leute, jagen Sie ihnen Angst ein!

Joaquim Nabuco, derzeit an der brasilianischen Gesandtschaft in Washington, machte 1869 als junger Advokat von sich reden. Er mußte in Recife einen Sklaven verteidigen, der schon einmal zum Tode durch den Strang verurteilt gewesen war. Tomás, so hieß der Sklave, war öffentlich ausgepeitscht worden und hatte aus Rache seinen Herrn ermordet. Im Gefängnis dann tötete er einen Wärter und konnte fliehen. Man faßte ihn jedoch kurz darauf und stellte ihn erneut vor Gericht. Nabuco mußte ihn verteidigen: »Dieser Mann hat sich keines Verbrechens schuldig gemacht!« rief Nabuco und deutete auf den Sklaven. »Er hat lediglich ein Hindernis aus dem Wege geräumt!«

Das Publikum im Saale raste vor Begeisterung, und der junge Anwalt fuhr fort, die Brutalität und Unsinnigkeit der Sklaverei anzuprangern:

»Wer gegen die Befürworter der körperlichen Züchtigung kämpft, setzt sich in gewisser Weise gegen ein Rechtssystem zur Wehr, das ihn weder achtet noch schützt.«

Tomás wurde zwar zu lebenslanger Haft verurteilt, entkam dadurch aber zumindest dem Galgen. Das Prinzip der Notwehr jedoch, für das Nabuco eintrat, machte Geschichte, und in späteren Gerichtsverfahren berief man sich darauf. Ich glaube daran (wenn auch nicht an viel mehr) und habe mich aus diesem Grunde denen angeschlossen, die gegen die Sklaverei kämpfen.

Ich hoffe, Sie bald zu treffen, und dann, ja, dann können wir über Literatur sprechen.

Ihr getreuer Freund

Fradique

## Brief an Ana Olímpia
## Paris, April 1878

Prinzessin!

Soeben habe ich einen Brief von Arcénio de Carpo erhalten, in dem er mir unbedachterweise Dinge mitteilt, von denen er annimmt, ich wüßte sie bereits. Sollte ich das etwa nicht? Hätte ich wie die Regenwürmer fünf Herzen, so wäre das eine fröhlich gestimmt, das andere krampfte sich vor Bangigkeit zusammen, das dritte raste vor Wut, das vierte zweifelte an der Welt, und das fünfte, das fünfte wäre schlicht leidenschaftlich entflammt. In meinem einen Herzen aber spielen all diese Gefühle zusammen, und so, in diesem heftigen Zusammenspiel, bewirken sie in mir eine allgemeine Erregung, die ich nicht in der Lage bin zu kontrollieren oder gar näher zu beschreiben.

Ich werde also Vater, und Du hast mir diese Nachricht vorenthalten. Arcénio schreibt, das Kind käme im Juli zur Welt. Das heißt, als wir uns im Februar trennten, trugst Du bereits ein Kind von mir unter Deinem Herzen und hast mir dies verheimlicht. Gewiß, mich verlangte nicht nach eigenen Kindern, und ich weiß, daß wir über diese Angelegenheit diskutierten und unterschiedlicher Meinung waren. Ich sagte Dir damals, ich sähe es nicht gern, daß irgend etwas auf dieser Welt an meinen Aufenthalt hier erinnerte, es sei denn, eine vage, unnennbare Wehmut über den Orten, den Menschen, den Dingen, die ich einmal sehr geliebt habe. Ein Mann zeugt ein Kind, und was geschieht? Das Kind schenkt ihm rasch zwei Enkel und diese ihm vier Urenkel und so weiter und so fort, ein ganzer Rattenschwanz von Nachkommen, mit seinem Namen und seinem Blut bis in alle Ewigkeit. Ein Kind zeugen, heißt ein Universum zeugen. Und mit ihm Engel, aber auch Dämonen; Liebe, aber ebenso Haß; und gemeinsam mit dem Erhabenen alles Niedere. Für mich, der sich in der Rolle des Gottvaters mißfällt, ist (war) ein Kind in die Welt zu setzen tollkühn und anmaßend.

Ich erinnere mich in der Tat, diese These vertreten zu haben, wir hatten zu Abend gegessen, und ich ahnte nicht, daß Du ein Kind von mir erwartetest. Aber, heiliger Gott!, es war nach dem Abendessen, und wir unterhielten uns. Ich, überzeugt, niemals Nachfahren in die Welt zu setzen, rauchte und philosophierte. Hätte ich um Deinen Zustand gewußt, hätte ich gewiß im entgegengesetzten Sinne philosophiert, mit der gleichen oder noch größerer Überzeugung.

Nun, diese eiligen Zeilen sollen Dir sagen, daß ich in dreißig bis vierzig Tagen in Recife sein werde. Ich trete meine Reise nicht nur auf Arcénios Brief hin früher an als geplant, sondern vor allem, weil mir diese Stadt ohne Dich wie tot erscheint und ich mich auf unerträgliche Weise allein fühle. Wie schrieb doch der alte Balzac (war es Balzac?): Die Einsamkeit ist wunderbar, solange wir einen Menschen haben, mit dem wir über sie reden können.

Ich umarme Dich und unser Kind

Fradique

## Brief an Madame de Jouarre
## Plantage Cajaíba, Oktober 1878

Geliebte Gönnerin!

Hier schreibt Ihnen nicht mehr jener müßiggängerische und verantwortungslose Abenteurer, den Sie haben heranwachsen sehen und der sich bei den besten Pariser Schneidern einkleidete, um die jämmerliche Nacktheit seine Seele zu verbergen, der mit entlehnten Gedanken dachte, die Welt mit fremden Wahrnehmungen wahrnahm und dessen einziges Lebensziel darin bestand, sich leben zu lassen und sonst nichts. Ich bin ein anderer geworden! Seit zwei Monaten bin ich Vater einer wunderschönen Tochter, die ich Ihnen zu Ehren Sophia genannt habe. Ich habe niemals jene Zeugungswut verstanden, diesen Trieb, auf dem noch immer alle großen sozialen Bewegungen beruhen, sich alle Theologien, Philosophien und heiligen Mysterien gründen. Und ich verstehe ihn immer noch nicht. Gleichwohl bin ich nun Vater und spüre dunkel, daß dieses Kind meine Zukunft ist und der Sinn meines vergangenen Lebens.

Sophias Geburt diente als Vorwand für ein großes Fest,

zu dem sich in diesem Hause einige Dutzend Personen einfanden. Aus Rio de Janeiro der Journalist José do Patrocínio, der Advokat Luís Gama und der Ingenieur André Rebouças, allesamt wichtige Namen der Bewegung gegen die Sklaverei; aus einer kleinen benachbarten Stadt kam Manuel Querino, ein bahianischer Gelehrter, meines Erachtens der erste Historiker Brasiliens, der sich für das Schicksal der Sklaven in diesem Lande interessiert. Querino untersucht seit etlichen Jahren die Rituale, Feste, Künste und Eßgewohnheiten der Neger. Er glaubt, die Originalität Brasiliens, sein Nationalcharakter, gehe im wesentlichen auf den afrikanischen Einfluß und die Rassenmischung zurück.

Während die Theoretiker der Ungleichheit unter den Rassen, wie Joseph Arthur Gobineau, den Verlust der Reinheit des europäischen Blutes in Südamerika anprangern und einen raschen Niedergang dieses Kontinents prophezeien, betrachtet unser Bahianer die Welt von der Türschwelle seines Häuschens in Matatú Grande aus und verkündet gelassen die Entstehung eines neuen Menschen und einer neuen Zivilisation. Querino ist, wie Sie gewiß schon ahnen, Mulatte und überzeugt, daß die Vertreter seiner Rasse dazu ausersehen sind, über Brasilien zu herrschen. Er hat allerdings noch nicht begriffen, daß mit dem Ende des Sklavenhandels, der steten Zunahme europäischer Siedler und der Mischung der Rassen dieses Land innerhalb von vier oder fünf Generationen vollständig weiß sein wird. Die Abschaffung der Sklaverei bedeutet somit auch das Ende des schwarzen Menschen in Brasilien. Vielleicht überleben ihre Tänze, und wir werden weißhäutige Senhoras im Kreise trommelnder

Musikanten mit dem Bauche wackeln sehen; auch die alten afrikanischen Götter werden überleben, verehrt von einem Volke, das Afrika vergessen hat, und man wird sich vage und entfernt der Sklaverei erinnern. Und der Rest ist nur mehr Asche und Nacht.

Auch zwei Bekannte kamen, höchst gefährliche Capoeira-Kämpfer, die für meine Sicherheit sorgten, als ich im Juni letzten Jahres auf dem Wege nach Lissabon Rio de Janeiro besuchte. Seinerzeit führte ich, wie Sie sich gewiß erinnern, Dokumente bei mir, die den brasilianischen Sklavenhaltern abträglich waren, und so hielt es José do Patrocínio für besser, mir jemanden zur Seite zu geben. Diesmal allerdings kamen »Grüne Schlange« und »João Totenstill« – so heißen besagte Capoeira-Kämpfer –, um Patrocínio zu schützen. Der Journalist, auf den im gesamten Nordosten, wo ihn die Plantagenbesitzer hassen und Sklaven und Freigelassene vergöttern, ein Kopfgeld ausgeschrieben ist, kam in Begleitung einer Schar singender und tanzender Menschen, und ich hatte den Eindruck, daß hier nicht einmal der Kaiser so herzlich empfangen würde.

Ich besitze eine alte Nummer der ›Illustrated London News‹ aus dem Jahre 1848, die zur Gänze der Französischen Revolution gewidmet ist. Eines der Bilder zeigt eine riesige Barrikade und obenauf stolz eine Gruppe Aufständischer. Unten an der Barrikade befindet sich eine kleine Tafel mit der Aufschrift: »Alle Plätze besetzt.« Im heutigen Brasilien ist der Schützengraben im Kampf gegen die Sklaverei ebenso besetzt. Die Jugend aller wichtigen Städte des Kaiserreiches ist endlich erwacht angesichts der Schrecken eines Regimes, das ihre Eltern für ewig (und von Gott gewollt) hielten, und fast allerorts initiiert man jetzt Märsche, Versammlungen und Gesellschaften zugunsten der Abolition.

Für mich steht außer Zweifel, daß die Söhne der Sklavenhalter das Sklavenhaltersystem zu Fall bringen werden, so wie auch die Söhne der Kolonialherren, und nicht die Indianer, die Unabhängigkeit (hier in Brasilien und in allen anderen amerikanischen Nationen) verkündet haben. José do Patrocínio hingegen meint, die Neger und die Mulatten müßten diese Revolution anführen, und Ana Olímpia denkt wie er. Gestern sagte sie zu mir: »Wenn wir warten, bis die Weißen den Schwarzen die Freiheit schenken, werden wir nie wirklich frei sein. Wir selbst müssen uns die Freiheit erobern, damit wir euch von gleich zu gleich gegenüberstehen können.« Aus diesem Gedanken heraus verteidigte sie auch den Krieg zwischen den Rassen. Ich erschrak: »Und was wird dann aus uns?« Meine Freundin lachte: »Wir kämpfen, und ich gewinne!«

Ich fürchte, Sophia ist wie ihre Mutter. Mit ihren drei Monaten fordert sie bereits aus vollem Halse ihre Rechte ein, und zwar so laut, daß sie die Vögel vertreibt und die Hunde verschreckt. Ja, ich habe Angst, daß sie mit der Zeit die Stimmgewalt des biblischen Ruben erreicht, Jakobs erstgeborenem Sohn, dessen Schreie jeden, der sie hörte, zu Tode erschreckten. Sophia ist ein kräftiges, gesundes Kind mit großen, dunklen, lebhaften und wachen Augen. Sie lächelt vertrauensvoll wie jemand, der vorhat, die Welt zu erobern. Und sie wird sie erobern.

Es grüßt Sie Ihr Schützling

Fradique

## Brief an Eça de Queiroz
## Paris, Oktober 1888

Mein lieber José Maria!

Meine Antwort lautet »nein«. Nein, ich kann für Deine Zeitschrift keinen Artikel über »Die derzeitige Position Portugals in Afrika« schreiben. Und da ich Dich bereits zornig die Pistole zücken sehe, erkläre ich Dir schnell, weshalb.

Ich fürchte, mein guter Freund, es ist nicht im Interesse Portugals, daß die Welt erfährt, in welcher Lage sich unsere Kolonien derzeit befinden. Wir Portugiesen sind in Afrika, weil man uns vergessen hat: unsere Regierung und die Regierungen der Großmächte. Jedwedes Aufsehen, selbst so geringfügig wie ein geringfügiger Artikel in der ›Revista do Portugal‹, und wir laufen Gefahr, daß England entdeckt, daß es in Portugiesisch-Zambézia gar keine Portugiesen gibt – und schon sind wir Zambézia los!

Mein Schweigen ist somit patriotischer Natur. Verhalten wir uns nämlich hübsch ruhig, läßt uns die Welt – die nicht bemerkt hat, daß wir weder im Kongo noch in

Zambézia noch in Guinea präsent sind – dort vielleicht weiterhin sein, ohne wirklich präsent zu sein.

Zur portugiesischen Präsenz in Afrika fällt mir im übrigen folgendes ein: Als ich kürzlich auf meiner Plantage in Cajaíba weilte, sah ich einen Mann zu Pferde vorbeitrotten. Der Reiter ließ sich von dem Tier dahintragen, mehr liegend als sitzend, den Hut tief im Gesicht, und ich dachte für einige Augenblicke, er sei tot oder eingeschlafen. »Nicht zu fassen!« sagte ich zu Ana Olímpia, »hast du gesehen, wie dieser Mann im Sattel sitzt?«

»Sitzt?« entgegnete meine Freundin verwundert, »das nennst du im Sattel sitzen?! Für mich hängt er im Sattel!«

Denke ich an diesen Reiter, sehe ich Portugal fest im afrikanischen Sattel sitzen. Sitzen, nicht hängen. Unsere Präsenz in Afrika leistet keinem Prinzip, keiner Idee Folge, Ziel und Zweck scheint einzig die Ausbeutung der Afrikaner zu sein. In Afrika hängengelassen, versuchen die glücklosen Siedler sich vor allem im Sattel zu halten, und dies raubend und stehlend; was dabei aus dem schwarzen Kontinent wird, kümmert sie wenig. Und Portugal hat sie ein für allemal vergessen. Einige wenige, solchermaßen Vergessene, streichen ihr Vaterland schnell aus dem Gedächtnis und werden rasch zu Kaffern. Sie sind die Glücklicheren. Sie gehen in den Busch (»Gott ist groß«, sagen sie für gewöhnlich, »doch der Busch ist größer«), und so, wie sie Hemd und Hose ablegen und sich in Leder kleiden, legen sie auch die portugiesische Sprache ab oder sprechen sie nur noch bruchstückhaft, vermischt mit den klangvollen Idiomen Afrikas.

Verney Lovett Cameron schildert in seinem Buch ›Across Africa‹ eine Begebenheit, die ein bezeichnendes Licht auf diese Situation wirft. Kurz nach seiner Ankunft in Benguela suchte ihn ein weißer, im Lande geborener Offizier auf und bot ihm an, Stadt und Fort unter seine Befehlsgewalt zu stellen, sofern die britische Verwaltung sich bereit erkläre, die Essensration der Soldaten, statt wie bisher einmal, dreimal wöchentlich mit Fleisch zu versehen. Peinlich berührt, lehnte Cameron ab. Wäre er auf das Angebot eingegangen, hätten unsere Generale in Lissabon den Engländern gewiß die Insel Madeira, die Stadt Porto oder den Douro mit seinen Weinbergen im Tausch gegen ein tägliches Fleischgericht angeboten, nebst Nachtisch mit Früchten, Süßspeise und einer Tasse Kaffee.

Was haben wir kolonisiert? Brasilien, wirst Du mir sagen. Nicht einmal das. Wir haben Brasilien mit Sklaven aus Afrika kolonisiert, haben Kinder mit ihnen gezeugt, und dann hat Brasilien sich selbst kolonisiert. Im Laufe vier langer Jahrhunderte haben wir ein Reich aufgebaut, das riesig, doch unglücklicherweise imaginär ist. Wollen wir, daß dieses Reich Wirklichkeit wird, ist dazu sehr viel mehr vonnöten als unsere tröstende südländische Phantasie. England und Frankreich, denkende, materialistische Nationen, verstehen nicht und werden niemals verstehen, wie ein ganzes Volk so naiv, sentimental und wirklichkeitsfern sein kann, mit dem Finger stolz über die Weltkarte zu fahren und zu behaupten: Dies ist unser! Wollen wir Afrika kolonisieren, müssen wir uns heute mit England, Frankreich und Deutschland auseinandersetzen und nicht mehr mit Mutter Spanien.

Um ein portugiesisches Afrika zu schaffen, müßte Portugal selbst afrikanisch werden. Mein kühner Vorschlag wäre daher, zunächst die Hauptstadt unseres Königreiches, nebst König und Hof, Abgeordnetenkammer, allen Ministerien und selbstverständlich Belém mit seinen Konditoreien, umgehend nach Luanda zu verlegen.

In einer zweiten Phase müßten dann die Bewohner Portugals folgen, einschließlich der Arbeitswilligen und Unbescholtenen, und im Gegenzuge müßten die in Angola und Mosambik in der Verbannung lebenden Kriminellen nach Portugal umgesiedelt werden. Portugal, zu diesem Zeitpunkt ein kleines und beinahe schon menschenleeres Territorium, könnte nunmehr ohne weiteres von irgendeinem Bantukrieger verwaltet werden.

Unsere Politiker belieben zu sagen, wir seien in Afrika, um den Wilden die Zivilisation zu bringen und die Botschaft Christi zu verkünden – Geschwätz! Einzig der menschliche Fortpflanzungstrieb hat die portugiesischen Karavellen angetrieben. Wir sind aus dem gleichen Grunde in Afrika, Amerika und dem Fernen Osten, aus dem die Pilze sich ausbreiten und die Kaninchen kopulieren – wissen wir doch in unserem Innersten (unser Blut weiß es), daß kolonisieren überleben bedeutet! Die wilde Entschlossenheit, die Dschingis Khan zu seinem gewaltigen Ritt durch die Mongolei, Korea und den Ural bewegte, ist die gleiche, die heute die Ausbreitung des Kochschen Bazillus erklärt. Jedes Lebewesen ist imperialistisch. Leben heißt kolonisieren.

Unglücklicherweise kolonisiert Portugal nicht, sondern breitet sich nur mehr aus. Als Nation stellen wir somit eine niedrigere Lebensform dar als der Kochsche Bazillus. Schlimmer noch: Abartig veranlagt, vergessen die Portugiesen, wohin auch immer sie kommen – und wir sind wahrlich weit gekommen –, nicht nur ihre zivilisatorische oder vielmehr kolonisatorische Mission, sondern lassen sich zudem im Handumdrehen von den jeweiligen Völkern kolonisieren, sprich ihrer Kultur berauben.

Bereits Pedro Vaz de Caminha gestand, als er in Veracruz an Land ging, seine Bewunderung für die Indianer (und insbesondere für die Indianerinnen): »Sie pflanzen nicht und züchten auch kein Vieh. Es gibt hier weder Rinder noch Ziegen noch Schafe noch Hühner oder irgendein an das Zusammenleben mit dem Menschen gewöhntes Tier. Sie essen nur von jenen Yamswurzeln, derer es hier im Überfluß gibt, und von den Samen und Früchten, die Erde und Bäume von selbst spenden. Und dabei sind sie viel stärker und viel wohlgenährter als wir trotz reichlich Weizen und Gemüse.«

Die Ameise beneidete die Grille, wie in der Fabel. Da verwundert es kaum, daß nicht nur zwei Verbannte zurückblieben, als die Flotte wieder gen Lissabon in See stach, sondern auch zwei Schiffsjungen, »die diese Nacht in einem Boote von unserem Schiffe an Land flohen und nicht wiederkehrten«. Und hätten die Männer an Bord nicht Pedro Álvares Cabral und Seine Majestät El Rei D. Manuel I. gefürchtet, wären sie gewiß allesamt geblieben, hätten sich ihres Lebens gefreut und sich außer an Yams, Samen und Früchten auch an den Indianerinnen gütlich getan.

Somit weißt Du nun, weshalb ich meinen Namen

auch dieses Mal dem illustren Mitarbeiterverzeichnis der ›Revista do Portugal‹ vorenthalte.

In Erwartung einer Nachricht und Deines Pardons umarme ich Dich herzlich

Fradique

*»So, voll der Ideen, feinsinniger Betätigung und mildtätiger Werke verstrichen die letzten Jahre des Fradique Mendes in Paris, bis ihn im Winter 1888 der Tod auf jene Art ereilte, nach der ihn, gleich Cäsar, stets verlangt hatte –* inopinatam ataque repentinam. *(. . .) Dr. Labert erklärte, es habe sich um eine überaus seltene Form von Pleuritis gehandelt. Und bemerkte in genauer Kenntnis dessen, was menschliches Glück ist: ›Toujours de la chance, ce Fradique.‹«*

Eça de Queiroz, in
›Die Korrespondenz des Fradique Mendes‹

## Brief der Senhora Ana Olímpia, Handeltreibende in Angola, an den portugiesischen Schriftsteller Eça de Queiroz Luanda, August 1900

Hochgeehrter Herr!

Ich fürchte, Sie werden sich meiner nicht mehr erinnern. 1888 erhielt ich einen Brief von Ihnen, in dem Sie mir mitteilten, Sie trügen sich mit der Absicht, die Korrespondenz des Carlos Fradique Mendes als Buch zu veröffentlichen, und fragten an, ob ich Ihnen dabei behilflich sein könnte. Es sei dies, schrieben Sie, »eine Hommage an den interessantesten Portugiesen des 19. Jahrhunderts« und zugleich ein patriotischer Akt, »denn in diesen ungewissen und bitteren Zeiten dürfen Portugiesen seines Schlages nicht für immer in der Ferne unter einem stummen Stück Marmor der Vergessenheit anheimfallen.«

Ich antwortete Ihnen, ich glaube, es sei Carlos' Wunsch, nach seinem Tode tot zu bleiben, in der Ferne, unter stummem Marmor. Einige Monate später entnahm ich der ›Gazeta de Notícias‹ aus Rio de Janeiro, daß Sie entschieden hatten, meine Meinung nicht zu berücksichtigen.

Sie taten gut daran. Ja, seinerzeit lehnte ich mich dagegen auf. Die Veröffentlichung seiner Briefe erschien mir eine Profanierung, ein perverser Akt von Nekrophilie. Carlos Fradique Mendes, dergestalt preisgegeben, ein Leichnam auf dem kalten Stein eines Anatomiemuseums, war immer noch vielleicht er und doch schon unabänderlich ein anderer – ein Toter, nackt, auf dem Rücken liegend, einer indiskreten neugierigen Meute ausgeliefert.

Inzwischen sind Jahre vergangen, ich bin älter geworden, habe die alten Zeitungen erneut gelesen, die Briefe, die ich von Carlos erhielt, und bin allmählich zu dem Schluß gekommen, daß Sie recht hatten. Fradique gehört nicht uns, die wir ihn liebten, wie auch der Himmel nicht den Vögeln gehört. Seine Briefe lassen sich wie die Kapitel eines nie endenden Romans oder mehrerer Romane lesen, und so gesehen, gehören sie der gesamten Menschheit. Die Briefe, die ich Ihnen nunmehr schicke, ausgewählt aus den vielen, die Fradique mir im Laufe von zwanzig Jahren schrieb (denen ich weitere, an Madame de Jouarre gerichtete beifüge, welchselbige sie mir vor kurzem überließ), erzählen eine Geschichte, die Ihnen und den europäischen Lesern vielleicht ein wenig ungewöhnlich vorkommen mag. Es ist nicht die Geschichte meines Lebens. Nein, es ist die Geschichte meines Lebens, von Fradique Mendes erzählt. Werden Sie den Unterschied verstehen können?

Ich sah Carlos Fradique Mendes zum ersten Male an einem trüben Spätnachmittag im Mai des Jahres 1868 am Kai von Luanda. Ich war gerade achtzehn Jahre alt und kannte die Welt nur aus Büchern. Vermeinte sie aber zu kennen. Mein Ehemann, Victorino Vaz de Caminha, traf an diesem Tage aus Lissabon ein, und ich war gekommen, ihn an der Spitze eines Gefolges von Freunden, Dienstboten Hausjungfern und Pagen zu empfangen. Alle lachten und riefen durcheinander, denn die Ankunft eines Dampfschiffes war – und ist noch immer – Anlaß zu großer Freude.

Das Schiff hatte bereits seine Anker geworfen; mit meinem Fernglas konnte ich Victorino ausmachen, der auf Deck stand und uns zuwinkte. Ich erkannte auch andere Gesichter. In der Mehrzahl Kaufleute, die von einem Ferienaufenthalt aus Portugal zurückkamen. Die Verbannten standen abseits. Dicht an dicht, wie Hunde, und schnupperten die Luft. Ich haßte sie. Voller Schrecken erinnerte ich mich eines anderen Nachmittags (ich komme noch darauf zu sprechen), als ich mit einem Male eines alten, weißhaarigen Mannes gewahr wurde, puterrot im Gesicht, angetan mit einem Paletot, schwarzgrün karierten Beinkleidern und Lackschuhen. Neben ihm ein hochgewachsener, eleganter Herr, in weißem Leinen und mit nach unten gezwirbeltem Schnurrbart. Ich reichte mein Fernglas an eine Freundin weiter, an Irene Vandunem, die Ehefrau des Polizeipräsidenten, die sich rühmte, alle Cavalheiros zu kennen (vorausgesetzt, sie waren es wert), die in Luanda lebten oder dort Station gemacht hatten. Diesen jedoch hatte sie noch nie gesehen. Die beiden Männer nahmen in einer Schaluppe Platz, die sie bis in Strandnähe brachte, und legten die verbleibende Strecke auf den Schultern zweier Matrosen zurück. Als man sie durchnäßt und verwirrt an uns vorbeitrug, gaben sie vor, das spöttische Lächeln meiner Hausjungfern nicht zu bemerken. Victorino Vaz de Caminha kam mit der zweiten Schaluppe. Er verzichtete auf die Hilfe der Matrosen, sprang ins Wasser und lief, uns zu begrüßen. Irene Vandunem erkundigte sich sogleich, ob er die beiden Reisenden kenne. Es waren dies, wie Sie gewiß unschwer erahnen, Carlos Fradique Mendes und dessen getreuer Smith.

Einen Monat später sah ich Fradique wieder, auf einem Ball des Gouverneurs. Er unterhielt sich mit Gabriela Santamarinha, die in dieser Stadt Handel treibt, eine abscheuliche, böswillige Person, von der Natur so sehr an Körper und Seele benachteiligt, daß man im Volke glaubt, sie entstamme der Kloake. Das Gesicht unter einer dicken Puderschicht, das Haar hochgetürmt zu einem architektonischen Wunderwerk der Frisierkunst, erinnerte die Senhora Santamarinha, eingezwängt in ein Kleid aus cremefarbenem Musseline und Organdy mit Hüftpolstern, Rüschen und Spitzen, an eine Barockwolke oder einen Windbeutel. Fradique war so erschrocken, daß er mir leid tat. Ich lächelte ihm zu, und er erwiderte mein Lächeln.

Mir war bekannt, daß Arcénio Pompílio Pompeu de Carpo, seinerzeit einer der vermögendsten Männer von Luanda, ihm sein Haus angeboten hatte. Und nun verkündete er jedermann, unter seinem Dache logiere der letzte Portugiese des alten Portugal. Er schwor Stein und Bein, Fradique sei ein enger Freund Victor Hugos, habe Garibaldi bei der Eroberung beider Sizilien begleitet und sich noch vor wenigen Monaten in Äthopien auf seiten einer anglo-indischen Strafexpedition unter Marschall Robert Napier geschlagen. Mich aber beeindruckte weit mehr, daß er 1860 mit Bakunin in London zusammengetroffen war, mit ihm Wodka getrunken und über Gott und den Staat diskutiert hatte, und dieser große Mann ihm erzählte, wie er den eisigen Straflagern Sibiriens hatte entfliehen können.

Ich bat Arcénio, uns miteinander bekannt zu machen. Als sich aber Carlos zum Kusse über meine Hand beugte, fiel mir nichts anderes ein, als ihn nervös und einfältig zu fragen, was er von Bakunin hielte. Er sah mich erstaunt an: »Sind Sie Anarchistin?!« Er lachte. Senkte verschwörerisch die Stimme und sagte: »Falls Sie den Auftrag haben, den Gouverneur zu ermorden und seinen Palast in die Luft zu sprengen, dürfen Sie voll und ganz auf mich zählen.«

Victorino war ihm wenig geneigt. Fradiques entschiedene Urteile, seine Skepsis, die Leichtigkeit, mit der er, erst seit kurzem hier, bereits zu allen wichtigen Problemen Angolas eine Theorie hatte, irritierten ihn. Mehr noch irritierte ihn aber, was er selbst als »die Verpackung« bezeichnete: sein maßgeschneiderter Rock, das makellose Hemd, die schwarze Perle auf der strahlend weißen Hemdbrust. Und so war er denn auch beinahe verstimmt, als ich ihm vorschlug, Fradique zum Diner in unser Haus zu bitten: »Das ist kein Mensch«, knurrte er, »das ist eine literarische Erfindung.« Ich vermute, er war ein wenig eifersüchtig.

Wie auch immer – Victorino schlug mir niemals etwas ab –, zwei Wochen später erschien Fradique zum Diner, in Begleitung der beiden Carpos, Vater und Sohn: ersterer wie immer diskret, letzterer mit langgezwirbeltem, pomadisiertem Schnurrbart, in befremdlicher Aufmachung, gestreiften Beinkleidern und einem knappsitzenden Gehrock, worin er noch hagerer und größer wirkte. Er verströmte einen eigenartigen Geruch, warm und süß und so intensiv, daß sich eine meiner Hausjungfern die Nase zuhielt und davonlief. »Buschzicke«, rief ihr der junge Arcénio nach, »das ist Parfüm, aus Frankreich!«

Seinerzeit roch ganz Luanda des Nachts nach *jinguba* (Erdnuß), denn man beleuchtete die Straßen mit einem aus den Samen dieser Pflanze gewonnenen Öl. Fradique sagte, Städte wie Frauen ließen sich an ihrem Geruch erkennen. Die Hafenstädte Französisch-Westafrikas rochen für ihn nach in Butter gebratenen Zwiebeln, die jungen Leute benutzten dieses Gemisch wie ein Parfüm; Rio de Janeiro roch nach reifen Guaven, Lissabon nach Sardinen, Basilikum und Abgeordneten. Arcénio de Carpo der Ältere gab zu bedenken, daß die Frauen der Cuamatos, ein Volk im Süden Angolas, ihr Haar mit Kuhmist einrieben, für sie der Inbegriff des Wohlgeruchs.

Fradique wollte wissen, wie ich zu alledem stand. Ich sagte ihm, ich hielte es wie die Buschmänner, ich zöge den schlichten Geruch des Regens allen anderen vor. Drei Monate später erhielt ich in Luanda ein versiegeltes Kristallflakon mit Wasser. Auf dem Etikett stand in Fradiques Handschrift: »Erster Pariser Herbstregen, 20. Oktober 1868.« Später sandte er mir von einer Klettertour in den Alpen die letzten Tropfen eines Unwetters; und als er 1871 alleine den Nil hochfuhr, bis ins Land der Nubier, schenkte er mir als Andenken Tautropfen eines milden Morgens in Omdurman. Diese kostbare Regensammlung, in über fünfzig Flakons verschiedener Farbe und Größe, aus Kristall und Porzellan, beinhaltet auch etwas von jenem geweihten Wasser, das an einem Aprilnachmittag über dem Vatikan niederging, ein wenig von dem melancholischen Londoner Nieselregen (des Tages, an dem Victor Hugo starb) und die salzigen Spuren eines Unwetters am Meer vor der Küste von Salvador da Bahia, nachdem Fradique sich zum letzten Male von mir verabschiedet hatte.

Doch dies war erst sehr viel später. Jetzt aber möchte ich Ihnen erzählen, wie ich ihn kennengelernt habe. An besagtem Abend also, während des Diners, unterhielten wir uns über Düfte und Sklaven, die Lage der Kaufleute in Angola und die anarchistische Revolution. Fradique verstand nicht (und konnte nie verstehen), wie sich Victorino zugleich für die Befreiungsbewegung und den Sklavenhandel aussprechen konnte. Mein Ehemann erklärte ihm spöttisch, wenn er Afrikaner nach Brasilien schicke, bereite er damit insgeheim die Revolution vor: »Die Sklaven sind der Gärstoff für den großen Aufstand. Zum einen, weil sie freie Seelen und noch nicht jener monströsen Idee von Gott und Paradies verfallen sind, mit der die Regierungen der christlichen Länder die Armen hinters Licht führen. Denn in Gott, oder besser, in der Erfindung Gottes, liegt die wahre Sklaverei. Wir Menschen sind erst wirklich frei, wenn wir Gott getötet haben. Bereits Voltaire sagte, um die Existenz eines Schöpfers zu beweisen, müsse man ihn erst töten. Zum anderen haben die Neger, anders als die Arbeiter und die europäischen Bauern, nicht wirklich etwas zu verlieren. In Amerika und Brasilien muß die Revolution unter Führung der Sklaven ausbrechen und sich von dort über die Welt ausbreiten.«

Er dachte, Fradique werde gewiß verärgert sein. Doch weit gefehlt. »Sklaven gab es seit jeher«, entgegnete Fradique. »Und einige, wie Spartakus, der Thraker, zettelten Aufstände an, die jedoch rasch niedergeschlagen wurden, und so blieb alles beim alten. Eine Revolution ist schließlich nichts anderes als eine Rotation um eine statische Achse. Was allerdings den Tod Gottes angeht, möchte ich mit Ihnen übereinstimmen. Satan, der erste Freidenker, verleitete den Menschen zum Ungehorsam gegenüber Gott und ermutigte ihn, von der Frucht der Erkenntnis zu essen. So wies er uns den Weg in die Freiheit. Das Problem ist, daß die vollkommene Freiheit den Menschen erschreckt. Und die Fabel von Gott und dem Teufel besagt nichts anderes.«

Zwei Wochen nach diesem Abendessen verließ Victorino Luanda Richtung Mossâmedes. Er mußte – um mit seinen Worten zu sprechen – eine Ladung Freiheitskämpfer nach Brasilien schicken. Wenige Tage später erhielt ich von Fradique einen Brief, in dem er anfragte, ob ich ihn empfangen könne, er plane eine Reise nach São Salvador do Congo und benötige meinen Rat. Ich antwortete ihm, er möge kommen. Denn obwohl ich in Luanda geboren bin, lehrte mich meine Mutter die Sprache der Kongos und der Cabindas, und ich bereiste verschiedentlich die Heimat meiner Eltern; aus diesem Grunde suchen mich bis auf den heutigen Tag häufig Kaufleute und Abenteurer auf, Portugiesen und andere Nationalitäten, die sich für den Landweg jenseits von Ambriz interessieren.

Ich empfing Fradique in der Bibliothek. Ich wollte ihm eine seltene Kollektion von Landkarten zeigen (sie ist mir 1875, bei meiner Flucht nach Brasilien, unglücklicherweise abhanden gekommen), auf der sich die Inbesitznahme des Kongo durch Fremde seit zwei Jahrhunderten nachverfolgen läßt und wie diese Region allmählich Gestalt annahm.

Die Karten interessierten Fradique. Er sagte mir, er trage sich mit der Absicht, die Ruinen von São Salvador, vormals Hauptstadt eines der mächtigsten Reiche Afrikas, zu erkunden. Europäische und einheimische Baukunst haben (wie es heißt) den dortigen Kirchen und Gebäuden zu einer gänzlich neuen Architektur verholfen.

Wir waren beide über die Landkarten gebeugt, als Fradique mit einem Male zu mir aufsah und lachend sagte: »Der junge de Carpo ist verrückt nach Ihnen.« Ich wußte nicht, was antworten. Arcénios Interesse war mir nicht entgangen. Auf Festen beobachtete er mich, wenn ich tanzte, mit Grabesmiene. Auf der Straße grüßte er mich übertrieben höflich. Meine Freundin, Irene Vandunem, überreichte mir eines Tages einen Brief von ihm. Er enthielt ein Liebesgedicht, ein schlechtes Gedicht, das ich sogleich zerriß. Irene Vandunem schalt mich. »Auch trübes Wasser«, sagte sie auf Quimbundu, »löscht das Feuer.«

Fradique sah mich aufmerksam an: »Sie sind lebender Beweis für die Existenz Gottes und seiner Narrheit.« Er beugte sich zu mir und küßte mich, und ich küßte ihn. Später wandten wir uns wieder den Landkarten zu und spielten anschließend Schach. Ich wollte wissen, was er damit gemeint habe, als er sagte, Gott sei ein Narr. Fradique lachte: »Nur ein ganz und gar närrischer Gott ist fähig, einen Engel zu ersinnen und ihn anschließend in die Hölle zu verbannen.«

Eine Woche später reiste Fradique nach São Salvador do Congo und von dort über Land nach Cabinda, wo er ein Schiff nach Lissabon nahm.

Ich sah ihn erst 1872 wieder. Victorino war zwei Jahre zuvor gestorben, im Quanza ertrunken, als eines unserer Schiffe, überladen mit Schnapsfässern, auf der Höhe von Feira do Dondo kenterte. Er hatte immer gesagt, der Alkohol würde ihn eines Tages noch das Leben kosten – er sollte recht behalten.

Victorinos Tod versetzte mich in eine tiefe Niedergeschlagenheit, die über Wochen anhielt. Als es mir wieder besser ging, entdeckte ich, daß ich eine der wohlhabendsten Personen dieses Landes war. Ich verkaufte die Schiffe, mit denen mein Ehemann zu Reichtum gekommen war, und kaufte Land im Mündungsgebiet des Loge und des Quanza, in Malange, Icolo und Bengo, nutzte meine guten Beziehungen zu den Völkern im Norden und gründete Faktoreien in Mazamandombe, Cabeça da Cobra und Mangue Pequeno, unweit von Santo António do Zaire.

Bei seiner Rückkehr nach Luanda traf mich Fradique im schwarzen Gewand einer *nga muturi* (Witwe) an. Ich saß über Rechnungen für Harze, Elfenbein, Salz und Zuckerrohrschnaps, stellte Trägerkarawanen zusammen und verhandelte mit Buschhändlern und Marktschreiern; wie Sie sich unschwer vorstellen können, war mir angst und bange vor alledem, denn ich war noch jung und unerfahren.

Dieses Mal war Fradique einem Geheimnis auf der

Spur. Fünf Jahre zuvor hatte er während seines Besuches in São Salvador do Congo einen alten Händler namens Quissongo kennengelernt (auch ich kannte ihn), der etliche Jahre im Busch verbracht hatte und über einen unerschöpflichen Schatz an wundersamen Geschichten verfügte. Quissongo zeigte ihm das Tagebuch eines befreundeten Italieners, Carlo Esmeraldi mit Namen, der seit geraumer Zeit im Hinterland von Benguela verschollen war. Das Tagebuch war Quissongo angeblich von einem Träger aus Esmeraldis Expedition übergeben worden. Der Mann litt an *hoxa* (wie man hier die durch den Stich der Tsetsefliege verursachte Schlafkrankheit nennt). Kaum hatte man diesen verwahrlosten, abgemagerten und mit Schwären bedeckten Menschen gefunden, sank er auch schon in einen bleiernen Schlaf, aus dem er einzig erwachte, um Wasser zu erflehen oder laut zu phantasieren.

Esmeraldis Tagebuch, das sich in meinem Besitz befindet und seinerzeit von Fradique zum Preis eines Ochsen erstanden worden war, ist äußerst kurios. Die enge, ebenmäßige, ja elegante Schrift der ersten Aufzeichnungen wird zunehmend zu einem konfusen zusammenhangslosen Gekritzel, je weiter Esmeraldi ins Hinterland (und die noch ferneren Gefilde seiner Seele) vordringt; und wenn er anfangs nur Italienisch schrieb, so mischt er auf den letzten Seiten Sätze dieser Sprache mit fiebrigen Betrachtungen auf französisch und gar portugiesisch. Diese Veränderung vollzog sich zu Beginn des zweiten Reisemonats, nahe einer Ortschaft im Hinterland. Esmeraldi behauptet, dort den intakten Rumpf eines hochbordigen Schiffes entdeckt zu haben: »Ich bin«, so schrieb er, »zutiefst beeindruckt. Wer hat dieses Schiff hierhergebracht? Wie? Und in welcher Absicht?« Er führt weiter aus, es handle sich um einen großen, soliden Rumpf mit der geheimnisvollen Statue eines Kabirs – ein Götzenbild mit aufgerichtetem Phallus –, dem man im antiken Samothrake huldigte und der als Beschützer der Matrosen und Seefahrer galt. »So viele Meilen von der Küste entfernt«, schrieb Esmeraldi weiter, »stellt ein solch unvermuteter Gegenstand eine Herausforderung an die Imagination dar.«

Ab dann wird seine Schrift fahriger, der Text lückenhaft, ganze Seiten fehlen und der Sinn der Sätze verliert sich in wirren Betrachtungen. Wiederholt und zwanghaft prangert er die Existenz dessen an, was er geologische Perversionen nennt: »Geologische Anomalitäten, Irrtümer bei der Erschaffung der Welt. Welch gefährliche Wunder liegen im Inneren dieser Berge verborgen? Ich befinde mich an einem Ort ohne Vögel am Himmel. Alle großen Bäume sind westwärts gewandt, und wenn wir einen Stein nehmen und ihn in die Höhe werfen, beschreibt er eine Ellipse und fällt an seinem Ausgangspunkt zu Boden. Zwei Tagesreisen von der Stelle, an der wir uns derzeit befinden, fuhr ein schwerer Burenkarren, dessen Zugochsen wir zuvor ausgespannt hatten, alleine einen Hügel hoch, mit einem Gefälle von 14%!«

Die letzten Seiten werden zunehmend dramatischer: »Man erwarte keine Namen von mir. An diesem verfluchten Ort sind selbst die Namen verflucht und gewiß auch auf keiner Landkarte zu finden. Die Erde hier verschlingt sich selbst. Nicht ein Spalt tut sich auf in dieser Schlucht, sondern ein Schlund!«

Ich glaube (oder vermute), daß Esmeraldi an *hoxa* erkrankt war. Und sagte dies auch Fradique, als er mir das Tagebuch zum ersten Male zeigte. Doch unser Freund schenkte mir kein Gehör – er glaubte, der Italiener habe tatsächlich ein sonderbares Naturphänomen entdeckt.

»Alle Träger, mit Ausnahme eines einzigen, haben sich aus dem Staube gemacht«, schrieb Esmeraldi ferner. »Heute werde ich alleine in die Schlucht hinabsteigen. Gewiß wird mich dort nicht das Tor zur Hölle erwarten. Eine solche Gravitationsabweichung läßt sich vielmehr mit dem Vorhandensein einer extrem kompakten Masse auf der Talsohle erklären. Vielleicht ist ein Meteorit in diese Schlucht gefallen, nicht zwangsläufig ein großer Stein, doch ungewöhnlich schwer. So kompakt und schwer, daß er möglicherweise alles aus seiner näheren Umgebung anzieht, und so an Gewicht und Dichte noch zunimmt.«

Fradique wollte Esmeraldis Weg anhand der Tagebuchinformationen zurückverfolgen. Er lachte, als ich ihn davon abzubringen suchte: »Der König der Schmetterlinge«, sagte er, »schickte eines Tages einen Boten aus, die Beschaffenheit des Feuers zu erkunden. Nach geraumer Zeit kehrte der Bote zurück und erklärte, er habe das Feuer gefunden, ein ebenso flüchtiges wie rasendes Element, das ihm angst mache und dem er sich nicht zu nähern wage. Woraufhin ein zweiter Bote ausgesandt wurde, der erschöpft zurückkehrte, verwirrt und mit versengten Flügeln, doch auch dieses Mal war es der König nicht zufrieden, und so schickte er seinen eigenen Sohn aus, dem er befahl, erst zurückzukommen, wenn er wirklich entdeckt habe, welcher Art das Feuer sei. Der Sohn machte sich auf den Weg und kam nie mehr zurück. Jetzt war es der König zufrieden – hatte doch sein Sohn die wahre Natur des Feuers entdeckt.«

Glücklicherweise war Fradique in Benguela an Malaria erkrankt und konnte seine Reise nicht fortsetzen. Er kehrte nach Luanda zurück, mager und niedergeschlagen, doch mit dem Vorsatz, sein Glück bei Gelegenheit erneut zu versuchen. Es war August. Die folgenden fünf Monate waren glückliche Monate für mich und ich denke auch für Fradique. Im Rückblick waren sie einschneidend für mein Leben. Es gibt ein Davor und ein Danach, davor war ich ein Kind und wußte nicht, was Glück war, danach verlor ich meine Arglosigkeit, und nun vermag ich nicht mehr glücklich zu sein.

Ich erinnere mich, wie ich als kleines Mädchen meinen Vater im Gefängnis besuchte. Er empfing uns beinahe jeden Sonntag, auf einem Stuhl im Hofe der Festung sitzend, mit Militärrock und Hüfttuch angetan und einem dicken Holzstock in der rechten Hand. Es waren viele, die kamen, manche eigens aus dem Kongo, nur um ihn zu sehen, und stets war es für mich ein Fest, denn es wurde getanzt und gesungen, und ich tanzte und sang gern.

Mein Vater starb an einem tautrüben Morgen; ich weiß noch, in selbiger Nacht ließ das Klagen der Trommeln niemanden schlafen und auch nicht in der folgenden. Die alten Weiber zeterten und heulten wie besessen, als ich an ihnen vorüberging. Die Weißen wurden unruhig. Eines Nachmittags kamen Männer, Verbannte, und kreisten meine Mutter und mich auf der Calçada dos Enforcados ein; während zwei mich festhielten, rissen ihr die anderen die Kleider vom Leibe, malträtierten sie mit Fäusten und Füßen und ließen sie bäuchlings, wie tot, im Staube liegen.

Man hatte Victorino benachrichtigt. Und er kam mit einigen Cuamato-Sklaven, hochgewachsenen, höchst gefährlichen Männern, allesamt mit Lanzen, Buschmessern und alten Vorderladern bewaffnet. Sie schrien, sangen und sprangen umher, als zögen sie in den Krieg. »Denen machen wir den Garaus«, sagte Victorino, die alten Weiber und Kinder verscheuchend, die uns umstanden. Er befahl, meine Mutter in einem Tragsessel nach Hause zu bringen, zog die Pistole aus dem Gürtel, versammelte erneut die Männer und machte sich auf den Weg.

Die Verbannten waren unweit in der Taverne eines Galiciers eingekehrt und feierten ihre Tat. Als sich Victorino mit seinen Männern näherte, gelang einem von ihnen die Flucht – ich sehe ihn noch vor mir, wie er verzweifelt vor Cuamatos, Kindern und Hunden das Weite suchte, in Windeseile über die Wiese rannte, bis er endlich die Festung erreichte. Die anderen hatten sich in der Taverne verbarrikadiert und antworteten mit Schüssen. Victorino verteilte seine Männer über den Bürgersteig, hinter Bäume und Mauern und rief den Kindern zu, sie sollten nach Hause gehen.

Die Cuamatos brachen in lautes Geheule aus und waren so erregt, als seien sie in die weiten Ebenen des Südens zurückgekehrt. Plötzlich lief einer von ihnen auf die Taverne zu, warf seine Lanze in die Tür und kehrte ebenso schnell wieder zurück, wie er gekommen war. Und schon tat es ihm ein anderer nach, und darauf ein dritter, und immer so weiter, bis am Ende des Bürgersteigs die stattliche Gestalt des Polizeipräsidenten Major Cristiano Pereira dos Santos Vandunem erschien, ein Mensch, so sehr ans Befehlen gewöhnt, daß es von ihm hieß, er könne eine Zigarre entzünden, indem er ihr schlicht befehle, zu brennen.

Vandunem kam langsam, von zwei Wachsoldaten flankiert, den Bürgersteig entlang und zog erst wenige Meter vor der Taverne seine Pistole. »Eure Exzellenz«, rief er Victorino zu, »tut mir den Gefallen und geht, Ihr habt mir heute schon genügend Unannehmlichkeiten bereitet.« Er riß die Lanzen aus der Tür und trat diese mit einem beherzten Tritt ein. Steckte seine Waffe zurück in den Gürtel, ging hinein und kam mit den Verbannten, die er wie unartige Buben ohrfeigte, wieder heraus.

An ebendiesem Tag wurde Victorino zum ersten Male meiner gewahr. Bis dahin war es, als gäbe es mich nicht. Doch von nun an hatte er ein besonderes Augenmerk auf mich, und als ich zehn Jahre alt war, bat er meine Mutter, mich eine kleine Schule in Caponta besuchen zu lassen, die er für die Kinder seiner Angestellten eigens eingerichtet hatte. Der Lehrer, ein junger Pater namens Nicolau von den Engeln, der später als Hexer und Wunderheiler zu Berühmtheit gelangte, war ein winziges Männlein, so klein, daß er selbst unter Pygmäen als Zwerg gegolten hätte. Jedes Kind, jeder seiner Schüler war größer als er, doch das schmälerte seine Autorität in keiner Weise.

Der Pater und Victorino haßten einander. Ich erkläre es mir so: Nicolau haßte Victorino, da dieser fortgesetzt über die Kirche lästerte, Proudhon und Baudelaire las und behauptete, eines Tages werde er noch den letzten Priester am herausgerissenen Darm des letzten Bourgeois aufknüpfen. Andererseits bewunderte er dessen Mut und Charakterstärke und daß er stets für die Angolaner, Neger und Mestizen Partei ergriff, wenn es mit den Portugiesen zu Konflikten kam. Victorino seinerseits haßte den Pater aus dem einfachen Grunde, weil er eine Kutte trug, zudem Bonapartist, Reaktionär und erklärter Feind der naturalistischen Literatur war. Zugleich aber schätzte er dessen Nächstenliebe und sein Desinteresse an allen irdischen Dingen sowie die Hingabe, mit der er sich der Volkserziehung widmete. Dieser gegenseitige Haß, den man auf gesittete, freundliche Weise pflegte, hinterließ allerorts Ratlosigkeit und war Stoff für zahlreiche Anekdoten, die in der Stadt die Runde machten.

Sie werden wissen wollen, warum ich Victorino geheiratet habe. Die Antwort ist einfach: weil ich mich geliebt (und beschützt) fühlte. Gewiß, zunächst hatte ich Angst vor ihm, seinem wallenden Prophetenbart, seinem flackernden Blick, seiner turbulenten Vergangenheit und seinem Jähzorn. Dann aber erlag ich dieser hinreißenden, späten Leidenschaft. Victorino war stolz auf sein Kaufmannslatein, mit dem er Fremde in Erstaunen versetzte: auf seine unglaublichen Abenteuer und Reisen, die er nie unternommen, auf Begegnungen, die nie stattgefunden hatten; ja, auch damit hat er mich seinerzeit erobert.

Ich suchte ihn mit Vorliebe in der Bibliothek auf, wo er mit mir über Bücher sprach. Die Bibliothek war in einem hohen großen Raum untergebracht, mit imposanten Mahagoniregalen an den Wänden und einer ringsum auf Säulen verlaufenden Balustrade, über die man Zugang zu den obersten Regalen hatte. Victorino hatte an der Decke dieses Raumes ein rundes Kuppelfenster anbringen lassen, das über ein mechanisches System geöffnet und geschlossen werden konnte. Bei meinen Besuchen blieb mein Blick stets auf den Bücherrücken haften, deren Beschriftung ich zu entziffern versuchte, viele davon in mir unbekannten Sprachen, die mich weit weg in ferne Länder versetzten. Zwischen den Säulen waren Hängematten befestigt, prächtige, mit Fransen verzierte Schlafhängematten, in denen Victorino die Bücher ablegte, die er gerade las. Die solchermaßen ausgestattete Bibliothek glich jenen Schiffen, die, mit Kautschuk, Papageien und Indianern beladen, auf dem Amazonas zwischen Manaus und Belém do Pará verkehren.

In einer dieser Hängematten liegend, sah ich oftmals die Abenddämmerung anbrechen, sah ihr goldenes Licht auf die Bücher fallen, während in der Ferne die Hunde bellten, sah den Himmel sich nachtschwarz färben und sich im Nu mit Sternenstaub überziehen. Sterne und Bücher. Das Universum, das Unbekannte umgab mich dort, und Victorino war der einzige, der mir jene Welt – die Welt schlechthin – eröffnen konnte.

Ich nehme an, viele waren über unsere Heirat entrüstet. Nicolau von den Engeln weigerte sich – mir damals unbegreiflich –, die Trauung zu vollziehen, und so erhob uns ein Seelsorger aus Braga – ein rundes, feuriges Männlein, das ein W wie ein B aussprach – in den heiligen Stand der Ehe, wie man zu sagen pflegt.

Ganz Luanda war zur *quizomba* geladen, so nennt man in unserem Lande ein großes Fest. Aus dem Kongo kam eine Abordnung mit Tänzern und Trommlern, fünf Ochsen, einem riesigen Elefantenzahn, Schweinen, Ziegen, Hühnern, Früchten und anderen Landesprodukten. Aus Salvador da Bahia traf ein geheimnisvoller Alter ein, den mir Victorino als seinen Meister vorstellte und der ebenso, wie er gekommen war, auch wieder verschwand; aus dem Landesinneren kamen Buschhändler und Kaufleute, für die Victorino eine Art Gott darstellte. Zwei Tage und zwei Nächte lang tranken, aßen und tanzten all diese Menschen, bis Victorino, ungehalten über den Lärm, befahl, die restlichen Speisen und Getränke an die Armen am Rande der Stadt zu verteilen, und die Geladenen nach Hause schickte.

Mein Mann behandelte mich stets, als sei ich eine Prinzessin; er eröffnete mir die Welt und gab sein Kunst- und Literaturwissen an mich weiter. Und sofern es in seiner Macht stand, erfüllte er mir jeden Wunsch. Wenige Monate nach unserer Hochzeit ließ er einen jungen Franzosen, François de Bigault, aus Paris kommen, damit dieser mich seine Sprache lehrte. Bigault ging mit einer Truhe voller Bücher an Land und hatte in kürzester Zeit die Senhoras der Stadt für sich eingenommen, denn er war nicht nur Lehrer, sondern auch Künstler (oder beinahe), und alle wollten sie seine Dienste, sei es, um Balzac im Original zu lesen oder um sich von ihm porträtieren zu lassen (oder aber beides).

Auch Irene Vandunem ließ sich porträtieren, in ihrem Salon, mit einem schlafenden Affen im Schoß und zwei schwarzen Hausjungfern ihr zu Füßen. Ihr Gatte fand daran wenig Gefallen und erschien, wie zu einer Beerdigung gekleidet, in unserem Hause: »Eure Exzellenz«, sagte er zu Victorino, »seht Euch vor mit Eurem Gast, dem Franzosen. In dieser Stadt gibt es etliche, die ihm das Schlimmste wünschen.« François verließ uns am nächsten Morgen fast unbemerkt mit einer Negerkarawane Richtung Quiloango und reiste von dort nach Lissabon. Wenige Monate nach seinem Fortgehen brachten vier meiner Sklavinnen Mischlingskinder zur Welt, drei Jungen und ein Mädchen, alle fröhlich und gesund, mit einem hübschen, schmalen Gesicht und Mandelaugen, ganz wie François. Solches geschah auch in anderen Häusern. Noch heute, so viele Jahre später, erinnert man sich in Luanda an François, immer, wenn ein Mann seinen Pflichten nicht nachkommt, sich aus dem Staube macht und eine Frau mit einem Kinde im Bauch zurückläßt, heißt es: »Senhor Soundso hat sich auf französisch verabschiedet.«

Später dann brachte Victorino einen Klavierlehrer aus Neapel mit. Ebenfalls eine Frohnatur, aber zur Erleichterung aller Familienoberhäupter vielleicht sogar etwas fröhlicher, als es Männer unserer Gesellschaft für gemeinhin sind. Er trug breite Seidentücher in absurden Farben, Phantasiewesten und selbst in der Regenzeit weiße Handschuhe; zum Frühstück erschien er in schweren Samtroben, einen Fächer aus Pfauenfedern schwenkend, sein zaghafter Protest gegen die unerträgliche Hitze Afrikas. Er nannte sich, Sie werden es kaum glauben, Angelo de la Morte, doch für die Sklaven war er bald Ohali, der »Kronenkranich«, und als solchen kannte man ihn auch in unserer lieben Stadt São Paulo da Assunção de Luanda.

Ohali lehrte mir einige angolanische Volksweisen, die Fradique besonders schätzte, für Klavier zu transponieren. Später, in Recife und Rio de Janeiro, begegnete ich zweien oder dreien dieser Lieder wieder, mit anderen Versen und Arrangements. Sie waren ein großer Erfolg auf den Karnevalsbällen. Ohali führte mich auch in die moderne Kunst der Photographie ein, die er erfolgreicher praktizierte als die Musik. Als ich 1878 Paris zum ersten Male besuchte, zeigte sich Felix Tournachon (Nadar), dem man mich auf einem Feste im Hause der Madame de Jouarre vorgestellt hatte, von meiner Photosammlung kongolesischer Menschen beeindruckt.

Doch zurück zum August des Jahres 1872. Ich erwähnte bereits, daß die Monate nach Fradiques Rückkehr aus Benguela die glücklichsten meines Lebens waren. Die Ewigkeit muß eine Art Photographie sein (ein zeitloser Ort), schlechter wie guter Augenblicke unseres Lebens. Und so, durch die Verewigung, durchleben wir sie immer wieder neu, und dies ist die Hölle und auch das Paradies. Mein Paradies sind jene Monate, die ich an Fradiques Seite verlebte; meine Hölle jene Zeit, in der ich Sklavin von Gabriela Santamarinha war.

Eines Tages fragte mich Fradique, weshalb ich meinen Sklaven nicht die Freiheit schenke. Ich erklärte ihm, sie seien zusammen mit mir aufgewachsen, unter ein und demselben Dach, und ich fühle mich ihnen verbunden, als gehörten sie zu meiner Familie (wir trugen im übrigen denselben Familiennamen). Ich zitierte ihm aus der Bibel: »So der Knecht aber zu dir spricht: ›Ich will nicht fortgehen von dir, denn ich habe dich und dein Haus lieb‹ (weil ihm wohl ist bei dir); so nimm einen Pfriemen und durchbohre ihm sein Ohr an dem Pfosten der Tür und laß ihn ewiglich deinen Knecht sein.« (5. Mose 15)

Fradique fragte mich erbost, was ich als Sklavin und Tochter einer Sklavin eigentlich empfunden habe. Was sollte ich ihm sagen? Heute hätte ich ihm mit einem kreolischen Sprichwort geantwortet, aus Sierra Leone, einem Land, das ich vor kurzem besucht habe: *Stone we dei botam wata, no say wen rain de cam*, was soviel heißt wie: »Ein Stein unter Wasser weiß nicht, daß es regnet.«

Der städtische Sklave weiß in der Regel nicht, was es bedeutet, kein Sklave zu sein, zumindest ergeht er sich in keinen philosophischen Betrachtungen zu diesem Thema.

Er arbeitet, weil er gezwungen ist, trinkt, ißt und schläft. Ich für meine Person habe erst erfahren, was es bedeutet, nicht frei zu sein, als ich, Herrin über Sklaven geworden, erneut (unter den schlimmsten Bedingungen) Sklavin wurde.

Bis heute fällt es mir schwer, darüber zu sprechen. Alles geschah wie in einem Alptraum. Am 26. Mai 1876 war ich eine der reichsten und geachtetsten Personen von Luanda. Ich besaß Häuser in und außerhalb der Stadt, Landgüter, Ochsen und eine große Anzahl Bediensteter. Der Gouverneur empfing mich beinahe wöchentlich im Palast, um mit mir Fragen zu diskutieren, die den Handel und die Verwaltung der Provinz betrafen; ich stand zahlreichen Kommissionen vor und hatte einen festen Platz im Teatro da Providência. Am 27. Mai kam ein Abenteurer in mein Haus, in Begleitung des Polizeipräsidenten (einem Freund), ohrfeigte mich, und ich erfuhr, daß ich seine Sklavin war.

Dieser Abenteurer, dessen Name ich aus Gründen der Scham und Hygiene nicht in den Mund nehme, kam hier in Luanda wie ein Verbannter an, mit leeren Händen und einem Indianer als Diener. Da er Victorinos Bruder war, nahm ich ihn auf, lieh ihm Geld und machte ihn mit den einflußreichsten Bürgern der Stadt bekannt. Es dauerte nicht lange, und er intrigierte gegen mich, stellte meine Ehre und meine Rechtschaffenheit in Frage und bezweifelte, daß ich in der Lage sei, Victorinos Hinterlassenschaft zu verwalten. Als er sich dann eines Abends erdreistete, mich vor geladenen Gästen lauthals zu beschimpfen, jagte ich ihn mit der Peitsche aus meinem Hause.

Drei Wochen später war ich seine Sklavin. Doch ich möchte Sie nicht mit Ausführungen über juristische Spitzfindigkeiten ermüden, die ein solch schändliches Vergehen ermöglichten (es genügt zu wissen, daß Nachlässigkeit und der unvorhergesehene Tod Victorinos der Grund sind, weshalb er mir keinen Freibrief ausgestellt oder ein Testament hinterlassen hat). So sah ich mich denn mit einem Male meines gesamten Besitzes beraubt, einschließlich meiner selbst.

Meine Frau Mutter starb im Monat Juni aus Kummer über meine mißliche Lage, doch blieb ihr auf diese Weise das Schlimmste erspart. Sie war zugegen, als jener verdammenswerte Mensch, in Begleitung des Polizeipräsidenten Cristiano Pereira dos Santos Vandunem, gewaltsam in unser Haus eindrang und mich schlug; ich schrie, ich brächte ihn um und hätte dies auch getan (ich hatte eine Pistole bei mir), wäre meine Mutter nicht zwischen uns getreten. Vandunem packte den Banditen unterdessen beim Arm und sagte ihm, auch wenn er über mich verfügen könne, hätte er dennoch nicht das Recht, mich zu mißhandeln. Er sagte dies, ohne die Stimme zu erheben, doch mit einem scharfen Unterton.

Später erfuhr ich, daß Arcénio de Carpo ihm ein Billett hatte zukommen lassen, in dem auch er ihn heftig zurechtwies, mit Worten, die ich hier nicht wiederholen möchte; all das mag bewirkt haben, daß Victorinos Bruder nicht noch weiter ging. Nach dem Tode meiner Mutter suchte er mich in meinem Zimmer auf, und erklärte mir gesenkten Blicks, er habe beschlossen, mich in Gabriela Santamarinhas Dienste zu geben. Eine List, um sich meiner zu entledigen, dessen, was ich darstellte, und zugleich eine grausame Rache (er wußte, daß die Santamarinha mich haßte).

Manchmal stelle ich mir das Böse als Tier vor. Ein österreichischer Freund, der während etlicher Monate im Süden Angolas die exotische Flora und Fauna des Buschlandes untersuchte, vertrat die Ansicht, ein Ameisenhaufen (oder ein Bienenschwarm) könne als ein einziges Lebewesen angesehen werden, in dem jede Ameise (oder Biene) eine Zelle darstelle. Und so sehe ich auch das Böse als ein mächtiges, aus Menschen bestehendes Tier – wie ein Ameisenhaufen aus Ameisen –, das von der Welt Besitz ergriffen hat. Ohne sich zu kennen, kennen alle einander, handeln gemeinsam, bewegen sich in dieselbe Richtung.

Solches trifft auch auf Gabriela Santamarinha zu und jenen anderen, den Bahianer, dessen Name ich nicht erwähnen möchte. Die beiden erkannten einander (dies ist das richtige Wort) sofort auf einem Karnevalsfest, er als Araber verkleidet, sie als Spanierin. Und von da an steckten beide ihren Haß in gemeinsame Unternehmungen, gegen mich und gegen jeden, der in Luanda glücklich zu sein schien. Gabriela verabscheute das Glück anderer –

wie die Natur alles Tote verabscheut. Das Lachen eines Kindes, das Lächeln eines jungen Menschen, all das irritierte und verletzte sie. Das Schlimmste für sie aber war, wenn Liebe erwidert wurde. Meine Beziehung zu Fradique ließ sie den Verstand verlieren.

Die Intrige ist in dieser Stadt eine Art Gesellschaftsspiel, dem jeder, ob arm oder reich, mit Leidenschaft frönt; und in ebendiesem Klima entfaltete sich Senhora Santamarinhas überspannte Phantasie und ihr Klatsch- und Lügentalent. Ein nichtsahnend auf der Straße gesprochener Satz, und schon schöpfte sie Verdacht, schmiedete Ränke und ersann die widerwärtigsten Dinge.

Ich weiß nicht, wie sie von Fradique und mir erfuhr; vielleicht hat sie es nicht einmal erfahren, sondern nur ersonnen. Jedenfalls ließ sie noch zu Lebzeiten meines Mannes in der Stadt verbreiten, ich wolle mit dem »Edelmännchen«, wie sie ihn nannte, fliehen und später dann, ich sei tatsächlich mit ihm geflohen. Sie ging sogar so weit, anonyme Briefe (nun, nicht wirklich anonym, ihr Stil war unverwechselbar) an Victorino zu schicken, der sie begeistert las, denn er hegte sein Leben lang eine besondere Vorliebe für alles Absonderliche. Dank dieser Leidenschaft brachte er es zu einer unglaublichen Sammlung ungewöhnlicher, sinnloser oder schlichtweg abstoßender Gegenstände, anhand derer er die Verantwortungslosigkeit Gottes – oder vielmehr seine Nichtexistenz – unter Beweis stellen wollte. Gabrielas Briefe waren seiner Meinung nach in ihrer Bosheit und Inkohärenz ebenso abstoßend wie eine Eidechse mit zwei Köpfen.

Später, bei Fradiques zweitem Besuch in Luanda, versicherte Gabriela »Schandmaul« (so hieß sie im Volksmund) Irene Vandunem, Fradique habe versucht, ihr den Hof zu machen! Doch habe sie ihre Hausjungfern um Hilfe gerufen und sich so der Avancen des »Edelmännchens« erwehrt. Wenig später, Fradique war gerade aus Benguela zurückgekehrt (und noch nicht ganz von seiner Malaria genesen), bezichtigte sie mich, ihn verhext zu haben. Bereits zuvor hatte sie mich ähnlicher Dinge beschuldigt, mit der Begründung, mein Vater stamme aus dem Kongo, sei folglich Anhänger der Hexerei und ich zwangsläufig eine Hexe.

Ihrer Phantastereien überdrüssig, suchte ich sie eines Nachmittags in ihrem Hause auf. Sie war im Nähzimmer und brachte dort ihren Affen das Rebita-Tanzen bei, ihre einzige Betätigung, wenn sie nicht gerade ihre Sklavinnen quälte. Als sie mich sah, kam sie mir sogleich mit offenen Armen entgegen, nannte mich - wie man sich bei uns unter Freundinnen begrüßt – ihre liebe Base und bat mich, Platz zu nehmen. Ich entgegnete ihr, dies sei nicht nötig: »Was ich Ihnen zu sagen habe, sagt sich besser im Stehen, denn wenn Sie es gehört haben, werden Sie kaum wünschen, daß ich weiter Platz behalte.« Ich sagte ihr, falls sie beabsichtigte, meinen Namen mit ihren phantasievollen Intrigen weiter in den Schmutz zu ziehen, sähe ich mich gezwungen, meine Diener anzuhalten, ihr den Mund mit Terpentin zu säubern. Die Ärmste wurde aschfahl, suchte nach Worten, verdrehte die Augen und entschwand schließlich kreischend in ihre Gemächer.

Ich sah sie erst an jenem Tage wieder, an dem für mich die Hölle begann. Sie kam mich mit ihrem Hofstaat holen, ihren weißen und Albino-Sklavinnen. »Meine liebe Freundin!« rief sie und sah mich lange und traurig an, als bedaure sie meine Lage tatsächlich: »So spielt das Leben nun einmal: Wer ins Feuer bläst, dem fliegen die Funken in die Augen.«

Beunruhigt durch die letzten Vorfälle, wollten mich meine Leute nicht gehen lassen. Weder sie noch ich verstanden recht, was dies alles zu bedeuten hatte. Etliche weinten. Ich sagte ihnen, sie sollten sich keine Sorgen machen, dies sei mein Haus und ich sei bald zurück.

Gabriela Santamarinha bewohnte in der Rua dos Mercadores ein altes, großes Haus mit dicken Mauern, das vormals die Polizeiwache war. Im Keller befand sich eine kleine Zelle, nunmehr als Abstellkammer genutzt, und dorthin brachte man mich. Die erste Nacht war ich allein, am nächsten Morgen aber kam eine Sklavin, Júlia mit Namen und aus Rio de Janeiro stammend, mir Gesellschaft zu leisten. Sie zeigte mir ihren von Santamarinhas Nilpferdpeitsche übel zugerichteten Rücken. »Sie wird Euch auspeitschen«, sagte sie. Die Gewißheit, daß ich mich der gleichen Tortur unterziehen müsse, schien sie glücklich zu machen.

Unter diesen Bedingungen war ich eine Woche lang gefangen. Ich lag auf einer feuchten Strohmatte, atmete schwer in der modrigen Luft und versank allmählich, Angst und Schande vergessend, in einen dunklen, traumlosen Schlaf. Júlia brachte mir Essen und zwang mich, davon zu nehmen, während sie mir die letzten Neuigkeiten berichtete: wen die Santamarinha am Abend ausgepeitscht hatte, was man in der Stadt über mich sagte und wie jener verfluchte Bahianer Victorinos Vermögen verschleuderte.

Eines Nachts wachte ich in dem Gefühl auf, daß etwas noch Dunkleres als die Dunkelheit in die Zelle gekommen war. Ich konnte weder Umrisse noch Laute oder Geräusche ausmachen; gleichwohl fühlte ich, ganz nah, die Wärme eines Körpers, etwas Böses; jemand beobachtete mich von hinten. Ich kam mir vor wie in einer Schlangengrube, allein mit der Schlange. »Ihr könnt mir alles nehmen«, murmelte ich, »ich werde immer mehr haben als ihr.« Sie sagte nichts. Stand auf und ging. Júlia erschien im Morgengrauen, rot vor Aufregung: »Die Senhora gibt ein Fest und will, daß Ihr uns in der Küche behilflich seid.« Ein Fest? Gewiß beabsichtigte Gabriela »Schandmaul«, mich in meinem Mißgeschick bloßzustellen. Mit einem Lächeln sagte ich Júlia: »Bestelle deiner Herrin, daß ich mich nicht von hier fortbewege.« Wenig später erschien aufgebracht die Santamarinha in Begleitung zweier Diener, und man schleppte mich hinaus in den Patio, riß mir die Kleider vom Leibe, kettete mich an ein Eisen und peitschte mich aus.

Am Abend fand das Fest statt. Ich lag fieberglühend in meiner Zelle, hörte Júlias Klavierspiel, hörte Stimmen, Gelächter. Dort oben waren Menschen, die in meinem Hause verkehrt hatten, alte Bekannte Victorinos, die feine Gesellschaft Luandas.

In den folgenden Wochen war ich sehr krank. Bis heute vermag ich nicht zu sagen, in welcher Reihenfolge die Dinge ihren Lauf nahmen. Ich weiß noch, daß eine der Albino-Sklavinnen in panischer Angst zu mir kam und mir einen Brief überbrachte, jenen Brief, den mir Fradique aus Lissabon geschrieben hatte. Ich erinnere mich dessen wie an einen Traum. Eines Tages (Nachts?)

vernahm ich Schreie, und ein Mann, den ich gut kannte, ein Bediensteter Arcénio de Carpos, erschien in meiner Zelle, eine Laterne in der linken, ein Gewehr in der rechten Hand. Den Rest kennen Sie bereits.

Viele Menschen verstehen nicht, warum sich die meisten Sklaven in ihr Los schicken, sobald sie auf amerikanischem oder brasilianischem Boden sind. Auch ich habe es nicht verstanden. Doch heute verstehe ich es. Auf dem Schiff, mit dem wir aus Angola flohen, auf der »Nação Crioula«, lernte ich einen alten Mann kennen, der versicherte, ein Freund meines Vaters gewesen zu sein. Er rief mir ins Gedächtnis, daß in unserer Sprache (und fast allen anderen westafrikanischen Sprachen) Meer und Tod mit ein und demselben Wort bezeichnet werden: *calunga*. Folglich war diese Überfahrt für die Mehrheit der Sklaven eine Reise durch den Tod. Das Leben, das sie in Afrika zurückgelassen hatten, war das eigentliche Leben; und das Leben, das sie in Amerika oder Brasilien fanden, eine Wiedergeburt.

Für mich war es ebenso. In Pernambuco und später in Bahia fand ich mich allmählich in einer anderen Frau wieder. Manchmal erinnerte ich mich eines Gesichts, eines Menschen, den ich geliebt hatte und der in Luanda zurückgeblieben war, und konnte ihm keinen Namen zuordnen. Ich dachte an meine Freunde wie an die Gestalten eines Buches, das ich gelesen hatte. Angola war ein tief inneres Leid, ein vager, unbestimmter Schmerz, der in einem fernen Winkel meiner Seele pochte.

Als Sophia geboren wurde, fühlte ich mich bereits als Brasilianerin, doch stets, wenn ich jemanden die schlichten Verse

*Minha terra tem palmeiras*
*onde canta o sabiá*
*as aves que aqui gorjeiam*
*não gorjeiam coma lá.*

Palmen schmücken meine Heimat
Und so traulich ist es da
Wo von grünen Blätterkronen
Uns begrüßet der Sabiá

des Mulatten António Gonçalves Dias singen hörte, in denen er sich vor Heimweh nach Brasilien verzehrt, dachte ich an Angola:

*Minha terra tem primores*
*que tais não encontro eu cá*
*não permita Deus que eu morra*
*sem que eu volte para lá.*

Meine Heimat strahlt in Schönheitsfülle
Wie ich sonst sie nirgends sah
Laß, o Gott, erst dann mich sterben
Wenn in meinem Land ich war.

1889, wenige Monate nach Fradiques Tod, hörte ich diese Verse erneut, und ich begriff, daß ich zurück nach Luanda mußte. Ich verkaufte die Zuckerrohrplantage in Cajaíba, die Fradique mir testamentarisch vermacht hatte, und schiffte mich mit meiner Tochter und einer Bediensteten ein.

Gonçalves Dias kam, wie Sie sicherlich wissen, auf

seiner Rückreise nach Brasilien ums Leben, als die »Ville de Boulogne«, das Dampfschiff, mit dem er fuhr, auf hoher See sank. Ich hatte mehr Glück: Mein Schiff kam unversehrt an, dafür aber hatte Angola mehr oder minder Schiffbruch erlitten. Die Abschaffung der Sklaverei in den portugiesischen Kolonien und die Verkündung der *Lei Áurea* in Brasilien, die die sofortige Freilassung aller Sklaven verfügte, wirkten sich für die alten Familien nachteilig aus. Die meisten meiner Bekannten empfingen mich mit Befremden. Sie konnten nicht verstehen (und verstehen es immer noch nicht), weshalb ich zurückkam.

Am Kai erwartete uns Arcénio Pompílio Pompeu de Carpo. Er war fünf Jahre zuvor nach Luanda zurückgekehrt, erneut bereit, den Mörder seines Vaters zu töten, doch kaum an Land, erfuhr er, daß er zu spät kam – der Verursacher all unserer Pein hatte sich beim Anekdotenerzählen im Kreise von Freunden zu Tode gelacht.

Gabriela »Schandmaul« aber fand ich vor. Nur mehr ein menschliches Wrack, irre geworden und beinahe immer betrunken, lief sie schreiend durch die Straßen. Die Kinder bewarfen sie mit Steinen, die Hunde bellten hinter ihr her. Dann hörte ich nichts mehr von ihr, bis mir vor zwei Wochen Pater Nicolau von den Engeln, zu Besuch in Luanda, erzählte, er habe sie in Feira do Dondo gesehen, sie verkaufe dort Gemüse und gebratene Ratten.

Jetzt kennen Sie meine ganze Geschichte, oder beinahe. Vielleicht interessiert Sie zu wissen, daß ich Arcénio de Carpo geheiratet habe. Ich bin glücklich, wie man so sagt. Ich lebe wie auf einer Veranda. Sehe die Menschen vorübergehen, gezeichnet von Schicksalsschlägen.

Sehe sie auf die Welt kommen und sterben. Auf dieser herben Erde hat sich die Natur gegen uns verschworen. Ein Mensch stirbt, ist nicht mehr da, und schon verwittert und verfällt und vergeht sein Werk. Die Paläste von heute sind die Ruinen von morgen. In den Schränken vermehrt sich der Schimmel wie Unkraut, und gebieten wir ihm nicht Einhalt, ergreift er Besitz von unseren Räumen und Häusern. Selbst die Erinnerung verblaßt zusehends. Ich glaube, hier weiß bereits niemand mehr, wie der alte Arcénio de Carpo zu Tode kam, und erst recht nicht, wer Fradique Mendes war. Mich nennt man »die Brasilianerin«, und die Jüngeren glauben, ich sei tatsächlich in Brasilien geboren. Auch aus diesem Grunde übergebe ich Ihnen diese Briefe. Verfügen Sie frei darüber.

Es grüßt Sie in tiefer Bewunderung, ungeachtet der großen Entfernung,

Ihre

Ana Olímpia